민족시인 5인의 시 감상

민족시인 5인의
시 감상

초판 1쇄 인쇄 | 2019년 08월 15일
초판 1쇄 발행 | 2019년 08월 20일
편찬 | 좋은말연구회
펴낸곳 | 태을출판사
펴낸이 | 최원준
등록번호 | 제1973.1.10(제4-10호)
주소 | 서울시 중구 동화동 제 52-107호(동아빌딩 내)
전화 | 02-2237-5577 **팩스** | 02-2233-6166
ISBN 978-89-493-0583-7 03890

세월은 흘러도 꺼지지 않는 영원한 민족의 별!!

민족시인 5인의
시 감상

좋은말연구회 편찬

심훈 한용운 이육사 윤동주 이상화

ⓢ 태을출판사

우리 민족의 아픔을
온몸과 온마음으로 체험하고 노래했던
큰 별들의 민족을 향한 침묵과 외침!!

「민족시인 5인의 시 감상」을 펴내면서

우리 민족의 앞길에 어두운 그림자가 드리워질 때마다 시인들은 저마다의 목소리로 어둠의 그물을 젖히기에 온힘을 다하였다. 고난의 가시밭길 속에서도 이 땅의 시인들은 우리 민족과 더불어 고통을 함께 나누었고, 때로는 끝없는 침묵으로 때로는 거대한 함성으로 우리 민족의 나아갈 길을 비추었다.

이 땅에 만약 시인들이 없었다면 과거의 우리 역사는 어떻게 되었을까?

고난의 길을 걷는 민족에게 있어서, 시인은 한갓 '꿈을 노래하는 목동'이 아니다. 어둠이 짙게 내리깔린 민족에게 있어서일수록 시인의 사명은 지대하다고 생각한다. 역경에 처한 민족에게 있어서 시인은 꿈을 노래하는 목동이 아니라 '민족을 이끄는 진실한 횃불'이어야 했다.

그런 의미에서, 이 땅에 수많은 민족 지도자적인 시인들이 있었음은 실로 천행이 아닐 수 없다. 과거 일제

암흑기의 어두운 우리 민족사에 그나마도 뛰어난 민족 시인들이 있었기에 우리는 오늘날 과거의 아픔을 되새기며 '다시는 그러한 민족의 비극이 없기를 염원하고 반성'할 수 있는 것이 아닌가 생각한다.

오늘날 「민족시인 5인의 시 감상」을 엮는 가장 큰 목적의 하나는 바로 우리 민족의 아픔을 온몸과 온마음으로 체험하고 노래했던 우리 민족의 '큰 별'들의 '민족을 향한 침묵과 외침'을 되돌아 봄으로써, 민족적인 긍지와 신념을 우리 모두가 함께 가지고 보다 밝고 활기찬 미래를 향해 나아갔으면 하는 마음에서이다.

여기에 엮은 민족시인 이외에도 우리 민족의 지도자적인 시인들이 많이 있음을 알고 있다. 그러나 우선 인구에 널리 회자되어 온 민족시를 많이 발표한 시인들을 중심으로 엮어서 나름대로 간단한 해설을 덧붙여 보았다.

이 책을 엮음에 있어서 편자로서 아직은 여러 가지 부족한 점이 많으리라 여긴다. 더욱 노력하여 점점 더 향상적인 「시감상집」을 독자 여러분에게 제공할 것을 다짐하면서, 아울러 이 책에 실린 민족시인님들께도 송구스러운 마음으로 고개를 숙이는 바이다.

좋은말연구회

| 차례 |

5부 이상화

1부

심훈

본명은 대섭(大燮). 시인이며 소설가이자 영화인이기도 한 그는 1901년 9월 12일 서울 노량진에서 태어났다. 경성제일고보 재학 시(1919년) 3·1운동에 참가, 일본경찰에 체포되어 4개월 간 복역하였다. 그는 특히 동아일보에 장편소설 「상록수」를 발표(1935년 9월)하여 민족적인 사회봉사의 이념을 추구하는 계몽주의의 실천에 박차를 가하였다. 그는 그의 소설 「상록수」의 출판교정을 보다가 한성도서 2층에서 발병하여 대학병원으로 옮겨진 후 장티푸스로 1936년 9월 16일에 사망하였다.

그 날이 오면

그 날이 오면, 그 날이 오면은
삼각산이 일어나 더덩실 춤이라도 추고
한강물이 뒤집혀 용솟음칠 그 날이
이 목숨이 끊어지기 전에 와 주기만 하량이면
나는 밤하늘에 날으는 까마귀와 같이
종로의 인경을 머리로 드리받아 울리오리다.
두개골은 깨어져 산산조각이 나도
기뻐서 죽사오매 오히려 무슨 한이 남으오리까.

그 날이 와서, 오오 그 날이 와서
육조(六曹) 앞 넓은 길을 울며 뛰고 뒹굴어도
그래도 넘치는 기쁨에 가슴이 미어질 듯하거든
드는 칼로 이 몸의 가죽이라도 벗겨서
커다란 북을 만들어 들쳐 메고는
여러분의 행렬에 앞장을 서오리다.
우렁찬 그 소리를 한 번이라도 듣기만 하면
그 자리에 거꾸러져도 눈을 감겠소이다.

심훈의 대표적인 민족시로 꼽히는 작품이다. 이 시에서 '그날이 오면'이라는 싯귀는 다름 아닌 '조국 광복이 되는 날이 오면'이라는 뜻으로 풀이하여야 한다. 시인은 이 시에서 자신의 조국애에 대한 굳은 신념을 밝히고 있다. 조국 광복이 되는 그날이 오면 자기의 목숨은 당장 버려도 좋다는 시인의 강렬한 민족애의 정신이 시의 전편을 흐르고 있다. 심훈은 이 시를 1930년 3월 1일에 썼다고 한다. 조국 광복에 대한 염원을 주제로 하고 있는 이 시는 일제의 압박 속에서 신음하던 과거 암흑기 36년 동안의 저항적인 민족시 가운데서 으뜸으로 손꼽히고 있는 작품이다.

오오, 조선의 남아여!

– 백림(伯林) 마라톤에 우승한 손(孫), 남(南) 양군에게

그대들의 첩보(捷報)를 전하는 호외 뒷등에
붓을 달리는 이 손은 형용 못할 감격에 떨린다!
이역의 하늘 아래서 그대들의 심장 속에 용솟음치던 피가
2천 3백만의 한사람인 내 혈관 속을 달리기 때문이다.

'이겼다!'는 소리를 들어보지 못한 우리의 고막은
깊은 밤 전승의 방울소리에 터질 듯 찢어질 듯.
침울한 어둠 속에 짓눌렸던 고토(故土)의 하늘도
올림픽 炬火(거화)를 켜든 것처럼 화닥닥 밝으려 하는구나!

오늘 밤 그대들은 꿈속에서 조국의 전승을 전하고자
마라톤 험한 길을 달리다가 절명한 아테네의 병사를 만나보리라.
그보다도 더 용감하였던 선조들의 정령(精靈)이 가호

하였음에
두 용사 서로 껴안고 느껴 느껴 울었으리라.

오오, 나는 외치고 싶다! 마이크를 쥐고
전 세계의 인류를 향해서 외치고 싶다!
'인제도 인제도 너희들은 우리를 약한 족속이라고
부를 터이냐!'

일제의 압박 속에 고통 받는 우리 민족의 한을 노래한 시이다.
1936년 8월 10일 새벽신문 호의 뒷면에 발표한 즉흥시이다.

밤

밤, 깊은 밤 바람이 뒤설레며
문풍지가 운다.
방, 텅 비인 방 안에는
등잔불의 기름 조는 소리뿐……

쥐가 천장을 모조리 써는데
어둠은 아직도 창 밖을 지키고
내 마음은 무거운 근심에 짓눌려
깊이 모를 연못 속에서 자맥질한다

아아, 기나긴 겨울 밤에
가늘게 떨며 흐느끼는
고달픈 영혼의 울음소리……
별 없는 하늘 밑에 들어 줄 사람 없구나!

이 시 역시 조국을 잃은 우리 민족의 비극을 노래한 작품이다. 벙어리 냉가슴 앓듯 끙끙 앓기만 해야 하는 안타까운 심정을 한 편의 시로써 승화시키고 있다.

2부

한용운

시인이며 독립운동가인 그는 1879년 7월 12일에 태어나 1944년 5월 9일 숙환인 중풍으로 입적했다. 그는 불교계의 대덕(大德)이었으며, 탁월한 불교 운동가이기도 했다. 원래 이름은 유천(裕天?)이었고, 자는 정옥(貞玉). 후에 불문(佛門)에 귀의하여 건봉사(乾鳳寺)의 만화선사(萬化禪師)에게 법을 이어 받고, 법명(法名)을 용운(龍雲)이라 했으며, 만해(만해:卍海)는 법호(法號)이다. 충남 홍성군 서부면 용호리에서 한응준(韓應俊)의 차남(次男)으로 태어났다. 본관(本貫)은 청주(淸州), 어릴 때 서당에서 한학을 배웠다. 14세 때 결혼했으며, 18세 때 동학(東學)에 가담, 창의 대장 민종식(閔宗植)의 막료가 되었으나(1896), 운동의 실패로 피신하여 설악산 오세암에 들어갔다. 이것이 계기가 되어 불문(佛門)에 귀의, 마침내 불교계의 거목이 될 길이 열렸고, 그 동안 닦아왔던 불도를 인정받아 설악산 백담사에서 스님이 되기에 이르렀다. 그 후 그는 수많은 민족시를 발표하였고, 1919년 3월 1일에는 거국적인 기미독립만세 시위를 주모, 민족대표 33인 중의 한 사람으로 독립선언에 서명, 특히 선언문 끝의 공약삼장(公約三章)은 그가 쓴 것이다.

군 말

'님'만이 님이 아니라 기룬 것은 다 님이다. 중생(衆生)이 석가(釋迦)의 님이라면 철학은 칸트의 님이다. 장미화의 님이 봄비라면 마시니의 님은 이태리다. 님은 내가 사랑할 뿐 아니라 나를 사랑하느니라.

연애가 자유라면 님도 자유일 것이다. 그러나 너희는 이름좋은 자유 알뜰한 구속(拘束)을 받지 않느냐. 너에게도 님이 있느냐. 있다면 님이 아니라 너의 그림자니라.

나는 해 저문 벌판에서 돌아가는 길을 잃고 헤매는 어린 양(羊)이 기루어서 이 시를 쓴다.

만해 시인이 '시 아닌 시'를 씀으로써 오히려 강한 사유를 전달
해 주고 있다는 확신을 갖게 해주는 시이다. 사랑하는 임이 있기
에, 사랑하는 임을 위하여 무엇인가를 하지 않으면 안 되겠기에,
만해 시인은 펜을 들어 뜨거운 분노의 울음을 울지 않을 수 없었
던 것이다. 이 시는 마치 서시(序詩)와도 같은 느낌을 준다. 그
러나 꼭 서시라고만 볼 수는 없을 것같다. 왜냐하면 이 시 자체
로서도 시인의 의도가 충분히 전달되고 있기 때문이다. 말하자
면 시인의 시학(詩學)에 대한 관념이 이 시의 주제를 이루고 있
기 때문이다.

예술가

　나는 서투른 화가여요.
　잠 아니 오는 잠자리에 누워서 손가락을 가슴에 대이고 당신의 코와 입과 두 볼에 새암 파지는 것까지 그렸읍니다.
　그러나 언제든지 작은 웃음이 떠도는 당신의 눈자위는 그리다가 백번이나 지웠읍니다.

　나는 파겁(破怯) 못한 성악가여요.
　이웃 사람도 돌아가고 버러지 소리도 그쳤는데 당신이 가르쳐 주시던 노래를 부르려다가 조는 고양이가 부끄러워서 부르지 못하였읍니다.
　그래서 가는 바람이 문풍지를 스칠 때에 가만히 합창(合唱)하였읍니다.

　나는 서정시인(抒情詩人)이 되기에는 소질이 없나 봐요.
　'즐거움'이니 '슬픔'이니 '사랑'이니 그런 것은 쓰

기 싫어요.

  당신의 얼굴과 소리와 걸음걸이와를 그대로 쓰고
싶습니다.

  그리고 당신의 집과 침대와 꽃밭에 있는 작은 돌
도 쓰겠읍니다.

끝없는 조국애를 노래한 시이다. 이 시에서의 예술가는 다름 아
닌 만해 시인을 상징한다. 그는 시인이기 이전에 불교도이며 나
아가 조국 해방을 기원하는 혁명가이다. 그의 소박한 꿈을 담은
작품이 바로 이 시이다.

나의 길

이 세상에는 길도 많기도 합니다.

산에는 돌길이 있읍니다. 바다에는 뱃길이 있습니다. 공중에는 달과 별의 길이 있읍니다.

강가에서 낚시질하는 사람은 모래 위에 발자취를 냅니다. 들에서 나물 캐는 여자는 방초(芳草)를 밟습니다.

악한 사람은 죄의 길을 좇아갑니다.

의(義) 있는 사람은 옳은 일을 위하여는 칼날을 밟습니다.

서산에 지는 해는 붉은 놀을 밟습니다.

봄 아침의 맑은 이슬은 꽃 머리에서 미끄럼탑니다.

그러나 나의 길은 이 세상에 둘밖에 없읍니다.

하나는 님의 품에 안기는 길입니다.

그렇지 아니하면 죽음의 품에 안기는 길입니다.

그것은 만일 님의 품에 안기지 못하면 다른 길은 죽음의 길보다 험하고 괴로운 까닭입니다.

아아, 나의 길은 누가 내었읍니까.

아아, 이 세상에는 님이 아니고는 나의 길을 낼 수가

없습니다.

　그런데 나의 길을 님이 내었으면, 죽음의 길은 왜 내
셨을까요.

잃어버린 조국의 광명을 되찾기 위해 밤낮으로 고뇌하고 있는
시인의 고달픈 삶의 길에 대한 번뇌는 어느 날 문득 이 세상의
섭리를 주관하는 절대자에 대한 의문으로까지 확대된다. 이 세
상에는 여러 가지 많은 길이 있지만, 시인은 그 많은 길 중에서
유독 사랑하는 임을 위해 살아가는 두 가지 길을 택하기로 마음
을 굳힌다.

님의 침묵(沈黙)

님은 갔습니다. 아아 사랑하는 나의 님은 갔습니다.

푸른 산빛을 깨치고 단풍나무 숲을 향하여 난 작은 길을 걸어서 차마 떨치고 갔습니다.

황금의 꽃같이 굳고 빛나던 옛 맹세는 차디찬 티끌이 되어서 한숨의 미풍(微風)에 날아갔습니다.

날카로운 첫 키스의 추억은 나의 운명의 지침(指針)을 돌려놓고 뒷걸음쳐서 사라졌습니다.

나는 향기로운 님의 말소리에 귀먹고 꽃다운 님의 얼굴에 눈멀었습니다.

사랑도 사람의 일이라 만날 때에 미리 떠날 것을 염려하고 경계하지 아니한 것은 아니지만, 이별은 뜻밖의 일이 되고 놀란 가슴은 새로운 슬픔에 터집니다.

그러나 이별은 쓸데없는 눈물의 원천을 만들고 마는 것은 스스로 사랑을 깨치는 것인 줄 아는 까닭에, 걷잡을 수 없는 슬픔의 힘을 옮겨서 새 희망의 정수박이에 들어부었습니다.

우리는 만날 때에 떠날 것을 염려하는 것과 같이

떠날 때에 다시 만날 것을 믿습니다.

아아, 님은 갔지마는 나는 님을 보내지 아니하였읍니다.

제 곡조를 못이기는 사랑의 노래는 님의 침묵을 휩싸고 돕니다.

만해 한용운의 대표작이라고 할 수 있는 이 시는 사랑을 잃고 방황하는 사람의 슬픈 노래이다. 이 시를 가만히 읊고 있노라면 마치 소리 없는 울음을 듣는 듯한 애틋한 정을 금할 길 없어진다. 사랑과 이별과 삶에 대한 끝없는 애착과 무상을 함께 느끼게 하는 시이기도 하다.

행복

　나는 당신을 사랑하고 당신의 행복을 사랑합니다.
　나는 온세상 사람이 당신을 사랑하고 당신의 행복을 사랑하기를 바랍니다
　그러나 정말로 당신을 사랑하는 사람이 있다면 나는 그 사람을 미워하겠읍니다. 그 사람을 미워하는 것은 당신을 사랑하는 마음의 한 부분입니다.
　그러므로 그 사람을 미워하는 고통도 나에게는 행복입니다.

　만일 온 세상 사람이 당신을 미워한다면 나는 그 사람을 얼마나 미워하겠읍니까.
　만일 온 세상 사람이 당신을 사랑하지 않고 미워하지도 않는다면 그것은 나의 일생에 견딜 수 없는 불행입니다
　만일 온 세상 사람이 당신을 사랑하고자 하여 나를 미워한다면 나의 행복은 더 클 수가 없읍니다.
　그것은 모든 사람이 나를 미워하는 원한의 두만강

이 깊어 갈수록 나의 당신을 사랑하는 행복의 백두
산이 높아지는 까닭입니다.

사랑하는 사람에 대한 지극한 애모의 정을 노래한 시이다. '정말
로 당신을 사랑하는 사람이 있다면 나는 그 사람을 미워하겠습
니다. 그 사람을 미워하는 것은 당신을 사랑하는 마음의 한 부분
입니다'라고 하는 직설적인 표현과 '만일 온 세상 사람이 당신을
사랑하지 않고 미워하지도 않는다면 그것은 나의 일생에 견딜
수 없는 불행입니다'라고 하는 역설적인 표현은 곧 '지극한 사
랑'의 어떤 율법 같은 것을 느끼게도 한다.

복종(服從)

　남들은 자유를 사랑한다지만 나는 복종을 좋아하여요.

　자유를 모르는 것은 아니지만 당신에게는 복종만 하고 싶어요.

　복종하고 싶은데 복종하는 것은 아름다운 자유보다 더 달콤합니다.

　그것이 나의 행복입니다.

　그러나 당신이 나더러 다른 사람을 복종하라면 그것만은 복종할 수가 없습니다.

　다른 사람을 복종하려면 당신에게 복종할 수가 없는 까닭입니다.

만해의 시가 대부분 그러하듯이 이 시 역시 임(조국 또는 신)에 대한 끝없는 사랑과 복종이다. 이 시에서 만해 한용운은, 남들이 모두 사랑하는 그 자유보다도 복종을 더 좋아한다는 표현을 과 감히 구사함으로써 뜨거운 조국애를 유감없이 표출시키고 있다. 자유가 더없이 좋고 귀중한 것인 줄을 모르는 것은 아니지만 조 국에 대해서만은 결코 자유를 갈망하는 주장보다도 순종하는 마음을 더 갖겠다는 굳은 의지를 만해는 노래하고 있는 것이다.

찬송

임이여 당신은 백 번이나 단련한 금결입니다.
뽕나무 뿌리가 산호가 되도록 천국의 사랑을 받읍
소서.
임이여 사랑이여 아침 볕의 첫걸음이여.

임이여 당신은 의가 무거웁고 황금이 가벼우신 것을
잘 아십니까.
기지의 거친 밭에 복의 씨를 뿌리옵소서.
임이여 사랑이여 옛 오동의 숨은 소리여.

임이여 당신은 봄과 권명과 평화를 좋아하십니다.
약자의 가슴에 눈물을 뿌리는 자비의 보살이 되옵
소서.
임이여 사랑이여 얼음 바다의 봄바람이여.

조국과 신에 대한 찬미를 주제로 하고 있는 시이다. 의(義)가 무
겁고 황금이 가벼운 것을 잘 아는 까닭에 시인은 약자(弱者)의
가슴에 은혜의 눈물을 뿌리는 자비를 따라 보살이 되고자 하는
것이다.

고적한 밤

하늘에는 달이 없고 땅에는 바람이 없습니다.
사람들은 소리가 없고 나는 마음이 없습니다.

우주(宇宙)는 죽음인가요.
인생은 잠인가요.

한 가닥은 눈썹에 걸치고 한 가닥은 작은 별에 걸
쳤던 님 생각의 금실은 살살살 걷힙니다.
한 손에는 황금의 칼을 들고 한 손으로 천국의 꽃
을 꺾던 환상의 여왕도 그림자를 감추었습니다.
아아, 님 생각의 금실과 환상의 여왕이 두 손을
마주잡고 눈물의 속에서 정사(情死)한 줄이야 누가
알아요.

우주는 죽음인가요.
인생은 눈물인가요.
인생이 눈물이면

죽음은 사랑인가요.

고적한 밤, 적멸의 밤, 그 어둡고 외로운 밤에 시인은 사랑하는
임생각에 몸부림치고 있다. 여기서 나타내고 있는 임은 다름아
닌 조국과 민족이다. 어둡고 고적한 밤에 시인은 암울한 조국의
현실을 밤의 적멸 상태에 비유한 것이다.

생명

닻과 키를 잃고 거친 바다에 표류된 작은 생명의 배는 아직 발견도 아니된 황금의 나라를 꿈꾸는 한줄기 희망의 나침반이 되고 항로가 되고 순풍이 되어서 물결의 한끝은 하늘을 치고

다른 물결의 한끝은 땅을 치는 무서운 바다에 배질합니다.

님이여 님에게 바치는 이 작은 생명을 힘껏 껴안아 주셔요. 이 작은 생명이 님의 품에서 으서진다 하여도 환희의 영지(靈地)에서 순정(殉情)한 생명의 파편은 최귀(最貴)한 보석이 되어서 조각조각이 적당히 이어져서 님의 가슴에 사랑의 휘장(徽章)을 걸겠습니다.

님이여, 끝없는 사막에 한 가지의 깃들일 나무도 없는 작은 새인 나의 생명을 님의 가슴에 으서지도록 껴안아 주셔요.

그리고 부서진 생명의 조각조각에 입맞춰 주셔요.

조국을 잃은 민족의 아픔과 방황을 노래한 작품이다. '닻과 키를 잃고 거친 바다에 표류된 작은 생명의 배는 아직 발견도 아니 된 황금의 나라를 꿈꾸는 한줄기 희망의 나침반이 되고…'라는 서두는 곧 우리 민족의 방황하는 현실을 적나라하게 나타내 보여주고 있다고 할 수 있다.

떠날 때의 님의 얼굴

꽃은 떨어지는 향기가 아름답습니다,
해는 지는 빛이 곱습니다.
노래는 못 마친 가락이 묘합니다.
님은 떠날 때의 얼굴이 더욱 어여쁩니다.

떠나신 뒤에 나의 환상의 눈에 비치는 님의 얼굴은 눈물이 없는 눈으로 바라볼 수가 없을만치 어여쁠 것입니다.

님의 떠날 때의 어여쁜 얼굴을 나의 눈에 새기겠읍니다.

님의 얼굴은 나를 울리기에는 너무도 야속한 듯 하지만 님을 사랑하기 위하여는 나의 마음을 즐거웁게 할 수가 없읍니다.

만일 그 어여쁜 얼굴이 영원히 나의 눈을 떠난다면 그때의 슬픔은 우는 것보다도 아프겠읍니다.

떠날 때의 임의 얼굴은 더욱 어여쁘지만, 아주 떠나버리는 임의
얼굴은 영원한 슬픔을 안겨준다는 시인의 마음이 애절하게 투영
되고 있는 시이다. 이 시 역시 잃어버린 조국에 대한 우리 민족
의 아픔을 노래한 작품이라 할 수 있다.

수(繡)의 비밀

나는 당신의 옷을 다 지어 놓았습니다.

심의도 짓고 도포도 짓고 자리옷도 지었습니다.

짓지 아니한 것은 작은 주머니에 수 놓는 것뿐입니다.

그 주머니는 나의 손때가 많이 묻었습니다.

짓다가 놓아두고 짓다가 놓아두고 한 까닭입니다.

다른 사람들은 나의 바느질 솜씨가 없는 줄로 알지마는, 그러한 비밀은 나 밖에는 아는 사람이 없습니다.

나는 마음이 아프고 쓰린 때에 주머니에 수를 놓으려면 나의 마음은 수 놓은 금실을 따라서 바늘구멍으로 들어가고 주머니 속에서 맑은 노래가 나와서 나의 마음이 됩니다.

그리고 아직 이 세상에는 그 주머니에 넣을 만한 무슨 보물이 아직 없습니다.

이 작은 주머니는 짓기 싫어서 짓지 못하는 것이 아

니라 짓고 싶어서 다 짓지 않는 것입니다.

여기에서의 임은 조국의 광복과 신(神)을 의미한다고 볼 수 있
다. '사랑하는 임을 기다리는 마음'이 이 시의 주제가 되고 있
다. 이 시에 나오는 당신은 다름 아닌 시인의 시적(詩的)인 대
상물인 조국과 신(우주의 섭리와 운명을 주관하는 신)을 상징
한다. 시인은 조국의 광복을 위하여 여러 가지 준비를 다 해 놓
았으나 아직 광복이 되지 않아 근심 속에서 기다리고 있다고 고
백한다. 잃어버린 조국을 걱정하는 시인의 끝없는 애국 충절이
'수의 비밀' 속에 숨어 있다.

첫 키스

마셔요, 제발 마셔요.

보면서 못 보는 체 마셔요.

마셔요, 제발 마셔요.

입술을 다물고 눈으로 말하지 마셔요.

마셔요, 제발 마셔요.

뜨거운 사랑에 웃으면서 차디찬 잔 부끄럼에 울지
마셔요.

마셔요, 제발 마셔요.

세계의 꽃을 혼자 따면서 항분(亢奮)에 넘쳐서 떨
지 마셔요.

마셔요, 제발 마셔요.

미소는 나의 운명의 가슴에서 춤을 춥니다. 새삼
스럽게 스스러워 마셔요.

두견새

두견새는 실컷 운다.
울다가 못다 울면
피를 흘려 운다.

이별한 한(恨)이야 너뿐이랴마는
울려야 울지도 못하는 나는
두견새 못 된 한을 또다시 어찌하리

야속한 두견새는
돌아갈 곳도 없는 나를 보고도
'불여귀 불여귀(不如歸 不如歸)'

두견새를 소재로 하여 이별한 임과의 못 다 한 사랑과 그리움을
노래한 시이다. 이 시에서의 이별한 임이란 바로 잃어버린 조국
을 의미한다. '돌아갈 곳도 없는 나'란 바로 조국을 빼앗겨 버린
우리 민족을 지칭한다고 볼 수 있다.

'사랑'을 사랑하여요

당신의 얼굴은 봄 하늘의 고요한 별이어요.

그러나 찢어진 구름 사이로 돌아오는 반달 같은 얼굴이 없는 것이 아닙니다.

만일 어여쁜 얼굴만을 사랑한다면 왜 나의 베갯모에 달을 수놓지 않고 별을 수 놓아요.

당신의 마음은 티 없는 순옥(玉)이어요. 그러나 곱기도 밝기도 군기도 보석 같은 마음이 없는 것이 아닙니다.

만일 아름다운 마음만을 사랑한다면 왜 나의 반지를 보석으로 아니하고 옥으로 만들어요.

당신의 시(詩)는 봄비에 새로 눈트는 금(金)결 같은 버들이어요.

그러나 기름 같은 검은 바다에 피어오르는 백합꽃 같은 시가 없는 것이 아닙니다.

만일 좋은 문장만을 사랑한다면 왜 내가 꽃을 노

래하지 않고 버들을 찬미하여요.

온 세상 사람이 나를 사랑하지 않을 때에 당신만이
나를 사랑하였읍니다.
나는 당신을 사랑하여요. 나는 당신의 '사랑'을 사
랑하여요

이 시는 끝없는 조국애를 그 주제로 하고 있다. 시인이 조국을
사랑하는 것은 바로 조국이 우리 민족을 사랑하기 때문이라는
논법이 강조되고 있는 작품이기도 하다.

나룻배와 행인

나는 나룻배
당신은 행인(行人).

당신은 흙발로 나를 짓밟습니다.
나는 당신을 안고 물을 건너갑니다.
나는 당신을 안으면 깊으나 얕으나 급한 여울이나
건너갑니다.

만일 당신이 아니 오시면 나는 바람을 쐬고 눈비를
맞으며 밤에서 낮까지 당신을 기다리고 있읍니다.
당신은 물만 건너면 나를 돌아보지도 않고 가십니
다 그려.
그러나 당신이 언제든지 오실 줄만은 알아요.
나는 당신을 기다리면서 날마다 날마다 낡아갑니다.

나는 나룻배
당신은 행인.

이 시는 조국 광복에 대한 염원을 주제로 하고 있다. 이 시에서 '나룻배'는 시인 자신을 지칭한다. 조국을 위해 어떠한 고난도 감수하겠다는 시인의 의지가 나룻배를 시인 자신에게 비유하게 한 것이다. 또한 이 시에서의 '행인'은 조국을 상징하고 있다. 만해의 대표작으로 꼽히는 애국 시이다.

요술(妖術)

가을 홍수가 적은 시내의 쌓인 낙엽을 휩쓸어가듯이 당신은 나의 환락의 마음을 빼앗아갔습니다. 나에게 남은 마음은 고통뿐입니다.

그러나 나는 당신을 원망할 수는 없습니다. 당신이 가기 전에 나의 고통의 마음을 빼앗아 간 까닭입니다.

만일 당신이 환락의 마음과 고통의 마음을 동시에 빼앗아 간다 하면, 나에게는 아무 마음도 없겠습니다.

나는 하늘의 별이 되어서, 구름의 면사로 낯을 가리고 숨어 있겠습니다.

나는 바다의 진주가 되었다가 당신의 구두에 단추가 되겠습니다.

당신이 만일 별과 진주를 따서 게다가 마음을 넣어서 다시 당신의 님을 만든다면 그때에는 환락의 마음을 넣어 주셔요.

부득이 고통의 마음도 넣어야 하겠거든 당신의 고

통을 빼어다가 넣어 주셔요.

　그리고 마음을 빼앗아가는 요술은 나에게는 가르
쳐 주지 마셔요.

　그러면 지금의 이별이 사랑의 최후는 아닙니다.

사랑하는 임에 대한 그리움과 기다림이 이 시의 주제이다. 시인은
'요술'이라는 시제(時題)로써 그리운 임에 대한 기대와 정한을 노
래하고 있다.

만족(滿足)

세상에 만족이 있느냐, 인생에게 만족이 있느냐.
있다면 나에게도 있으리라.

세상에 만족이 있기는 있지마는, 사람의 앞에만
있다.
거리는 사람의 팔 길이와 같고, 속력은 사람의 걸음
과 비례가 된다.
만족은 잡을래야 잡을 수도 없고, 버릴래야 버릴 수
도 없다.

만족을 얻고 보면 얻은 것은 불만족이요, 만족은 의
연(依然)히 앞에 있다.
만족은 우자나 성자의 주관적 소유가 아니면 약자
의 기대뿐이다.
만족은 언제든지 인생과 수적(竪的) 평행이다.
나는 차라리 발꿈치를 돌려서 만족의 묵은 자취를
밟을까 하노라.

아아 나는 만족을 얻었노라.

아지랭이 같은 꿈과 금실 같은 환상이 님 계신 꽃동
산에 둘릴 때에

아아 나는 만족을 얻었노라.

인생에 있어서 만족이란 결코 있을 수 없는 것이다. 그러나 시인
은 오직 한순간, 잃어버린 조국을 되찾는 그 순간에는 만족을 얻
을 수 있다고 고백한다. 지극한 조국애가 시의 전편을 흐르고 있
다.

참말인가요

그것이 참말인가요, 님이여, 속임없이 말씀하여 주
셔요.

당신을 나에게서 빼앗아간 사람들이 당신을 보고
'그대는 님이 없다'고 하셨다지요.

그래서 당신은 남모르는 곳에서 울다가 남이 보면
울음을 웃음으로 변한다지요.

사람의 우는 것은 견딜 수가 없는 것인데 울기조
차 마음내로 못하고 웃음으로 변하는 것은 죽음의
맛보다 더 쓴 것입니다.

그러면 나는 그것을 변명하지 않고는 견딜 수가
없읍니다. 나의 생명의 꽃가지를 있는 대로 꺾어서
화환을 만들어 당신의 목에 걸고 이것이 님의 님이
라고 소리쳐 말하겠읍니다.

그것이 참말인가요, 님이여, 속임 없이 말씀하여
주셔요.

당신을 나에게서 빼앗아간 사람들이 당신을 보고

'그대의 님은 우리가 구하여 준다'고 하였다지요.

　그래서 당신은 '독신 생활을 하겠다'고 하였다지요.

　그러면 나는 그들에게 분풀이를 하지 않고는 견딜 수가 없읍니다.

　많지 않는 나의 피를 더운 눈물에 섞어서 피에 목마른 그들의 칼에 뿌리고 이것이 님의 님이라고 울음 섞어서 말하겠읍니다.

강제로 빼앗긴 조국에 대한 슬픔이 진하게 배어있는 작품이다. 이 시에서의 '당신'은 곧 '조국(조국의 광복)'을 상징한다고 볼 수 있다.

버리지 아니하면

나는 잠자리에 누워서 자다가 깨고 깨다가 잘 때에 외로운 등잔불은 각근(恪勤)한 파수꾼(把守軍)처럼 온 밤을 지킵니다.

당신이 나를 버리지 아니하면 나는 일생의 등잔불이 되어서 당신의 백년을 지키겠읍니다.

나는 책상 앞에 앉아서 여러 가지 글을 볼 때에 내가 요구만 하면 글은 좋은 이야기도 하고 맑은 노래도 부르고 엄숙한 교훈도 줍니다.

당신이 나를 버리지 아니하면 나는 복종의 백과전서(百科全書)가 되어서 당신의 요구를 수응(酬應) 하겠읍니다.

나는 거울을 대하여 당신의 키스를 기다리는 입술을 볼 때에 속임 없는 거울은 내가 웃으면 거울도 웃고 내가 찡그리면 거울도 찡그립니다.

당신이 나를 버리지 아니하면 나는 마음의 거울이 되어서 속임없이 당신의 고락(苦樂)을 같이 하겠읍니다.

잃어버린 조국에 대한 아픔이 진하게 투영되고 있는 시이다. 조국은 빼앗겼지마는 시인은 결코 조국을 버릴 수 없다는 강한 의지가 역설적으로 강조되고 있는 작품이다. 여기에서 '당신이 나를 버리지 아니하면…'이라는 싯귀는 '나는 당신을 결코 버리지 아니할 것입니다'라는 시인의 강한 의지의 표현이라고 보는 것이 타당할 것이다.

사랑의 불

산천초목에 붙는 불은 수인씨(燧人氏)가 내셨읍니다.

청춘의 음악에 무도(舞蹈)하는 나의 가슴을 태우는 불은 가는 님이 내셨읍니다.

촉석루를 안고 돌며, 푸른 물결의 그윽한 품에 논개의 청춘을 잠재우는 남강의 흐르는 물아.

모란봉의 키스를 받고 게월향의 무정을 저주하면서 능라도를 감돌아 흐르는 실연자인 대동강아.

그대들의 권위로도 애태우는 불은 끄지 못할 줄을 번연히 알지마는 입버릇으로 불러 보았다.

만일 그대네가 쓰리고 아픈 슬픔으로 졸이다가, 폭발되는 가슴 가운데의 불을 끌 수가 있다면, 그대들이 님 기루운 사람을 위하여 노래를 부를 때에 이따금 목이 메어 소리를 이르지 못함은 무슨 까닭인가.

남들이 볼 수 없는 그대네의 가슴속에도, 애태우는 불꽃이 거꾸로 타들어가는 것을 나는 본다.

오오 님의 정열의 눈물과 나의 감격의 눈물이 마주 닿아서 합류가 되는 때에 그 눈물의 첫 방울로 나의 가슴의 불을 끄고, 그 다음 방울을 그대네의 가슴에 뿌려 주리라.

여기에서의 '불'은 타오르는 '조국애'를 상징한다고 볼 수 있다. 마지막 부분의 '님의 정열의 눈물과 나의 감격의 눈물이 마주 닿아 합류가 되는 때'는 바로 '잃어버린 조국을 다시 찾는 때'를 의미한다.

이별

아아, 사랑은 약한 것이다, 여린 것이다, 간사한 것
이다.

이 세상에는 진정, 사랑의 이별은 있을 수가 없는 것
이다.

죽음으로 사랑을 바꾸는 임과 임에게야 무슨 이별이
있으랴.

이별의 눈물은 물거품의 꽃이요, 도금(鍍金)한 금방
울이다.

칼로 벤 이별의 키스가 어디 있느냐.

생명의 꽃으로 빚은 이별의 두견주(杜鵑酒)가 어디
있느냐.

피의 홍보석으로 만든 이별의 기념 반지가 어디 있
느냐.

이별의 눈물은 저주의 마니주(摩尼珠)요 거짓의 수
정(水晶)이다.

사랑의 이별은 이별의 반면에 반드시 이별하는 사랑
보다 더 큰 사랑이 있는 것이다.

혹은 직접의 사랑은 아닐지라도 간접의 사랑이라도
있는 것이다.

다시 말하면 이별하는 애인보다 자기를 더 사랑하는
것이다.

만일 애인을 자기의 생명보다 더 사랑한다면 무궁을
회전하는 시간의 수레 바퀴에 이끼가 끼도록 사랑의
이별은 없는 것이다.

아니다, 아니다. "참"보다도 참인 임의 사랑엔 죽
음보다도 이별이 훨씬 위대하다.

죽음이 한 방울의 찬 이슬이라면 이별은 일천 줄
기의 꽃비다.

죽음이 밝은 별이라면 이별은 거룩한 태양이다.

생명보다 사랑하는 애인을 사랑하기 위하여는 죽

을 수가 없는 것이다.

진정한 사랑을 위하여는 괴롭게 사는 것이 죽음보다도 더 큰 희생이다.

이별은 사랑을 위하여 죽지 못하는 가장 큰 고통이요 보은이다.

애인은 이별보다 애인의 죽음을 더 슬퍼하는 까닭이다.

사랑은 붉은 촛불이나 푸른 술에만 있는 것이 아니라 먼 마음을 서로 비치는 무형(無形)에도 있는 까닭이다.

그러므로 사랑하는 애인을 죽음에서 잊지 못하고 이별에서 생각하는 것이다.

그러므로 사랑하는 애인을 죽음에서 웃지 못하고 이별에서 우는 것이다.

그러므로 애인을 위하여는 이별의 원한을 죽음의 유쾌(愉快)로 갚지 못하고 슬픔의 고통으로 참는 것이다.

그러므로 사랑은 차마 죽지 못하고 차마 이별하는 사랑보다 더 큰 사랑은 없는 것이다.

그리고 진정한 사랑은 곳이 없다.
진정한 사랑은 애인의 포옹만 사랑할 뿐 아니라 애인의 이별도 사랑하는 것이다.

그리고 진정한 사랑은 때가 없다.
진정한 사랑은 간단(間斷)이 없어서 이별은 애인의 육(肉) 뿐이요 사랑은 무궁이다.

아아, 진정한 애인을 사랑함에는 죽음은 칼을 주는 것이요,
이별은 꽃을 주는 것이다.
아아, 이별의 눈물은 진이요, 선이요, 미다.
아아, 이별의 눈물은 석가요, 모세요, 잔다르크다.

이별을 통하여 사랑하는 임을 더욱 간절하게 그리고 있는 시인의 마음이 적나라하게 표출된 시이다. 시인은 '이별' 그 자체를 하나의 '위선'으로 간주하고 있다. 그래서 그는 임을 사랑하기 이전에 '나'를 사랑하기 때문에 '이별'이 태어난다고 강조한다. 역설적인 기법으로 '이별'과 '사랑'의 등식을 성공시키고 있다.

나의 꿈

당신의 맑은 새벽에 나무 그늘 사이에서 산보할
때에 나의 꿈은 작은 별이 되어서 당신의 머리 위에
지키고 있겠읍니다.

당신이 여름날에 더위를 못 이기어 낮잠을 자거
든, 나의 꿈은 맑은 바람이 되어서 당신의 주위에 떠
돌겠읍니다.

당신이 고요한 가을밤에 그윽이 앉아서 글을 볼
때에 나의 꿈은 귀뚜라미가 되어서 책상 밑에서 '귀
뚤귀뚤' 울겠읍니다.

조국을 사랑하는 시인의 마음이 아름다운 한 편의 시로써 승화되
고 있다. 자나 깨나 조국을 위해서 몸 바치겠다는 시인의 열의와
충정이 결귀마다 사무치고 있다. 조국에 평화가 오면 평화의 파
수꾼으로서, 조국의 안위가 위태로울 때면 조국의 안위를 지키는
용병으로서, 또한 조국이 모든 어려움으로부터 헤어나서 자유를
되찾는다면 자유로운 조국을 노래하는 시인으로서 묵묵히 사명
을 다하겠다는 시인의 강렬한 조국애가 강하게 표출되고 있는 시
이다.

알 수 없어요

바람도 없는 공중에 수직(垂直)의 파문(波紋)을 내이며 고요히 떨어지는 오동잎은 누구의 발자취입니까.

지리한 장마 끝에 서풍에 몰려가는 검은 구름의 터진 틈으로 언뜻언뜻 보이는 푸른 하늘은 누구의 얼굴입니까.

꽃도 없는 깊은 나무에 푸른 이끼를 거쳐서 옛 탑(塔) 위의 고요한 하늘을 스치는 알 수 없는 향기는 누구의 입김입니까.

근원은 알지도 못할 곳에서 나서 돌부리를 울리고 가늘게 흐르는 작은 시내는 굽이굽이 누구의 노래입니까.

연꽃 같은 발꿈치로 가이없이 바다를 밟고, 옥 같은 손으로 끝없는 하늘을 만지면서 떨어지는 해를 곱게 단장하는 저녁놀은 누구의 시(詩)입니까.

타고 남은 재가 다시 기름이 됩니다. 그칠 줄을 모르고 타는 나의 가슴은 누구의 밤을 지키는 약한 등불입니까.

사랑하는 임(조국과 민족)에 대한 헌신과 애절한 사모의 정을 주제로 하고 있는 시이다. 이 시에 나타난 자연의 모든 변화는 곧 신의 조화이다. 신의 섭리 안에서 살고 있는 인간이 자연 앞에 서게 되면 한갓 미물이란 사실을 깨닫게 된다. 이런 나약한 인간이 어찌 신의 섭리를 이해할 수 있으랴. 시인은 이러한 윤회사상에 대한 우주의 법칙을 강조하고 있다.

눈물

　내가 본 사람 가운데는, 눈물을 진주라고 하는 사
람처럼 미친 사람은 없었읍니다.
　그 사람은 피를 홍보석이라고 하는 사람보다도,
더 미친 사람입니다.
　그것은 연애에 실패하고 흑암(黑闇)의 기로에서 헤
매는 늙은 처녀가 아니면 신경이 기형적으로 된 시
인의 말입니다.
　만일 눈물이 진주라면 나는 님이 신물(信物)로 주
신 반지를 내놓고는 세상의 진주라는 진주는 다 티
끌 속에 묻어버리겠읍니다.

　나는 눈물로 장식한 옥패(玉珮)를 보지 못하였읍니다.
　나는 평화의 잔치에 눈물의 술을 마시는 것을 보
지 못하였읍니다.
　내가 본 사람 가운데는, 눈물을 진주라고 하는 사
람처럼 어리석은 사람은 없읍니다.
　아니어요. 님의 주신 눈물은 진주 눈물이어요.

나는 나의 그림자가 나의 몸을 떠날 때까지, 님을 위하여 진주 눈물을 흘리겠읍니다.
　아아 나는 날마다 날마다 눈물의 선경에서 한숨의 옥적(玉笛)을 듣읍니다.
　나의 눈물은 백천 줄기라도, 방울방울이 창조입니다.
　눈물의 구슬이여, 한숨의 봄바람이여, 사랑의 성전을 장엄하는 무등등(無等等)의 보물이여
　아아 언제나 공간과 시간을 눈물로 채워서 사랑의 세계를 완성할까요.

69

역설적인 표현 기법으로 '시인의 마음'을 승화시킨 상징시이다. 조국을 잃기 전까지만 해도 시인은 '눈물을 진주라고 하는 사람'을 '미친 사람'으로 간주했었다. 그러나 막상 조국을 잃어버린 후의 시인의 마음은 달라졌다. 사랑하는 임(조국)이 떠나버린 후의 시인의 마음은 늘 눈물로 젖어 있다. 시인에게 있어서 이제 눈물은 진주처럼 값진 보석이 되고 있다. 조국을 사랑하는 시인의 애타는 마음이 곧 진주 눈물을 만들어 내고 있는 것이다.

어디라도

　아침에 일어나서 세수하려고 대야에 물을 떠다 놓으면 당신은 대야 안의 가는 물결이 되어서 나의 얼굴 그림자를 불쌍한 아기처럼 얼려 줍니다.

　근심을 잊을까 하고 꽃동산에 거닐 때에 당신은 꽃 사이를 스쳐오는 봄바람이 되어서 시름없는 나의 마음에 꽃향기를 묻혀주고 갑니다.

　당신을 기다리다 못하여 잠자리에 누웠더니 당신은 고요한 어둔 빛이 되어서 나의 잔부끄럼을 살뜰히도 덮어줍니다.

　어디라도 눈에 보이는 데마다 당신이 계시기에 눈을 감고 구름 위와 바다 밑을 찾아보았읍니다.

　당신은 미소가 되어서, 나의 마음에 숨었다가 나의 감은 눈에 입 맞추고 네가 나를 보느냐고 조롱합니다.

언제 어느 곳에 있더라도 조국은 늘 시인의 마음을 지켜주는 등
불이 되고 있음을 노래한 시이다. 이 시에서의 당신은 다름 아닌
'조국'을 상징한다.

칠석(七夕)

'차라리 님이 없이 스스로 님이 되고 살지언정, 하늘 위의 직녀성은 되지 않겠어요, 네네.' 나는 언제인지 님의 눈을 쳐다보며, 조금 아양스런 소리로 이렇게 말하였읍니다.

이 말은 견우의 님을 그리우는 직녀가 1년에 한 번씩 만나는 칠석을 어찌 기다리나 하는 동정의 저주였읍니다.

이 밑에는 나는 모란꽃에 취한 나비처럼 일생을 님의 키스에 바쁘게 지나겠다는 교만한 맹세가 숨어 있읍니다.

아아 알 수 없는 것은 운명이요, 지키기 어려운 것은 맹세입니다.

나의 머리가 당신의 팔 위에 도리질을 한 지가 칠석을 열 번이나 지내었읍니다.

그러나 그들은 나를 용서하고 불쌍히 여길 뿐이요, 무슨 복수적 저주를 아니하였읍니다.

그들은 밤마다 밤마다 은하수를 새에 두고, 마주 건너다보며 이야기하고 놉니다.

　그들은 해쭉해쭉 웃는 은하수의 강안(江岸)에서 물을 한줌씩 쥐어서 서로 던지고 다시 뉘우쳐 합니다.

　그들은 물에다 발을 담그고 반 비슥이 누워서 서로 안 보는 체하고 무슨 노래를 부릅니다.

　그들은 갈잎으로 배를 만들고, 그 배에다 무슨 글을 써서 물에 띄우고 입김으로 불어서 서로 보냅니다. 그리고 서로 글을 보고 이해하지 못하는 것처럼 잠자코 있읍니다.

　그들은 돌아갈 때에는 서로 보고 웃기만 하고 아무 말도 아니합니다.

　지금은 칠월 칠석날 밤입니다.

　그들은 난초실로 주름을 접은 연꽃의 웃옷을 입었읍니다.

　그들은 한 구슬에 일곱 빛나는 계수나무 열매의 노리

개를 찼읍니다.

　키스의 술에 취할 것을 상상하는 그들의 뺨은 먼저 기쁨을 못 이기는 자기의 열정에 취하여 반이나 붉었읍니다.

　그들은 오작교를 건너갈 때에 걸음을 멈추고 웃옷의 뒷자락을 검사합니다.

　그들은 오작교를 건너서 서로 포옹하는 동안에 눈물과 웃음이 순서를 잃더니 다시금 공경하는 얼굴을 보입니다.

　아아, 알 수 없는 것은 운명이요, 지키기 어려운 것은 맹세입니다.

　나는 그들의 사랑의 표현인 것을 보았읍니다.

　진정한 사랑은 표현할 수가 없읍니다.

　그들은 나의 사랑을 볼 수는 없읍니다.

　사랑의 신성은 표현에 있지 않고 비밀에 있읍니다.

　그들이 나를 하늘로 오라고 손짓을 한대도 나는

가지 않겠읍니다.
지금은 칠월 칠석날 밤입니다.

오셔요

오셔요. 당신은 오실 때가 되었어요. 어서 오셔요.

당신은 당신의 오실 때가 언제인지 아십니까. 당신의 오실 때는 나의 기다리는 때입니다.

당신은 나의 꽃밭으로 오셔요. 나의 꽃밭에는 꽃들이 피어 있읍니다.

만일 당신을 쫓아오는 사람이 있으면 당신은 꽃 속으로 들어가서 숨으십시오.

나는 나비가 되어서 당신 숨은 꽃 위에 가서 앉겠읍니다.

그러면 쫓아오는 사람이 당신을 찾을 수는 없읍니다.

오셔요. 당신은 오실 때가 되었읍니다. 어서 오셔요.

당신은 나의 품으로 오셔요. 나의 품에는 보드라운 가슴이 있읍니다.

만일 당신을 쫓아오는 사람이 있으면 당신은 머리를 숙여서 나의 가슴에 대십시오.

나의 가슴은 당신이 만질 때에는 물같이 보드랍지

만 당신의 위험을 위하여는 황금의 칼도 되고 강철의 방패도 됩니다.

나의 가슴은 말굽에 밟힌 낙화가 될지언정 당신의 머리가 나의 가슴에서 떨어질 수는 없습니다.

그러면 쫓아오는 사람이 당신에게 손을 댈 수는 없습니다.

오셔요. 당신은 오실 때가 되었읍니다. 어서 오셔요.

당신은 나의 죽음 속으로 오셔요. 죽음은 당신을 위하여 준비가 언제든지 되어 있읍니다.

만일 당신을 쫓아오는 사람이 있으면 당신은 나의 죽음의 뒤에 서십시오

죽음은 허무와 만능이 하나입니다.

죽음의 사랑은 무한인 동시에 무궁입니다.

죽음의 앞에는 군함과 포대가 티끌이 됩니다.

죽음의 앞에는 강자와 약자가 벗이 됩니다.

그러면 쫓아오는 사람이 당신을 잡을 수는 없읍니다.

오셔요. 당신은 오실 때가 되었읍니다. 어서 오셔요.

이 시에서의 당신은 조국과 조국의 광복을 의미한다. 조국의 광복을 염원하는 간절한 소망이 시의 전편을 적시고 있다.

고대(苦待)

당신은 나로 하여금 날마다 날마다 당신을 기다리게 합니다.

해가 저물어 산 그림자가 촌 집을 덮을 때에, 나는 기약 없는 기대를 가지고 마을 숲 밖에 가서 기다리고 있읍니다.

소를 몰고 오는 아이들의 풀잎피리는 제 소리에 목마칩니다.

먼 나무로 돌아가는 새들은 저녁 연기에 헤엄칩니다.

숲들은 바람과의 유희를 그치고 잠잠히 섰읍니다.

그것은 나에게 동정하는 표상입니다.

시내를 따라 굽이친 모랫길이 어둠의 품에 안겨서 사라진 자취를 남기고 게으른 걸음으로 돌아옵니다.

당신은 나로 하여금 날마다 날마다 당신을 기다리게 합니다.

어둠의 입이 황혼의 엷은 빛을 삼킬 때에 나는 시름없이 문밖에 서서 당신을 기다립니다.

다시 오는 별들은 고운 눈으로 반가운 표정을 빛내면서 머리를 조아 다투어 인사합니다.

풀 사이의 벌레들은 이상한 노래로 백주(白晝)의 모든 생명의 전쟁을 쉬게 하는 평화의 밤을 공양합니다.

네모진 작은 못의 연잎 위에 발자취 소리를 내는 실없는 바람이 나를 조롱할 때에 나는 아득한 생각이 날카로운 원망으로 화(化)합니다.

당신은 나로 하여금 날마다 날마다 당신을 기다리게 합니다.

일정한 보조로 걸어가는 사정(私情)없는 시간이 모든 희망을 채찍질하여 밤과 함께 몰아갈 때에 나는 쓸쓸한 잠자리에 누워서 당신을 기다립니다.

가슴 가운데의 저기압은 인생의 해안에 폭풍우를 지어서 삼천세계는 유실되었읍니다.

벗을 잃고 견디지 못하는 가엾은 잔나비는 정의 삼림에서 저의 숨에 질식되었읍니다.

우주와 인생의 근본 문제를 해결하는 대철학은 눈물의 삼매에 입정(入定)되었습니다.

나의 '기다림'은 나를 찾다가 못 찾고 저의 자신까지 잃어버렸습니다.

이 시는 제목의 이미지가 주는 의미대로 주제 역시 사랑하는 임 (조국의 광복과 자유)에 대한 끝없는 기다림이다. 세월이 되어 때가 이르면 시인은 임을 맞이하기 위하여 동구 밖에 서서 기다린다고 토로한다. 그러나 기다리는 임은 쉽사리 오시지 않는다. 올 듯 올 듯하면서도 끝내는 오시지 않는 그리운 임 생각은 마침내 현실적인 원망이 되어 시인의 마음을 괴롭힌다. 그리하여 시인의 기다림(우리 민족의 광복을 기원하는 마음)은 지칠 대로 지쳐서 결국은 자아까지 잃어버리게 되었다는 것이다. 일제의 오랜 압박 속에서 신음하는 우리 민족의 비극이 적나라하게 표출되고 있는 시이다.

생(生)의 예술

모든 결에 쉬어지는 한숨은 봄바람이 되어서 야윈 얼굴을 비추는 거울에 이슬꽃을 핍니다.

나의 주위에는 화기(和氣)라고는 한숨의 봄바람 밖에는 아무것도 없읍니다.

하염없이 흐르는 눈물은 수정(水晶)이 되어서, 깨끗한 슬픔의 성경(聖境)을 비춥니다.

나는 눈물의 수정이 아니면, 이 세상에 보물이라고는 하나도 없읍니다.

한숨의 봄바람과 눈물의 수정은 떠난 님을 기루어하는 정(情)의 추수입니다.

저리고 쓰린 슬픔은 힘이 되고 열(熱)이 되어서, 어린 양(羊) 같은 작은 목숨을 살아 움직이게 합니다.

님이 주시는 한숨과 눈물은 아름다운 생의 예술입니다.

83
•

아름다운 상징시이다. 이 시에서의 임은 곧 조국(고난에 찬 조국의 현실)을 상징한다. 마지막 연의 '님이 주시는 한숨과 눈물은 아름다운 생의 예술입니다'라는 싯귀는 곧 시인의 조국에 대한 강렬한 사모의 정이 하나의 예술로 승화되고 있음을 보여준다. 암울한 조국의 앞날을 위해 고뇌하는 아픔조차도 차라리 아름다운 예술일 수밖에 없다는 시인의 크나큰 조국애가 가슴 뭉클한 감상으로 어필되어 온다.

쾌락(快樂)

님이여 당신은 나를 당신 계신 때처럼 잘 있는 줄로 아십니까.

그러면 당신은 나를 아신다고 할 수가 없습니다.

당신이 나를 두고 멀리 가신 뒤로는 나는 기쁨이라고는 달도 없는 가을 하늘에 외기러기의 발자취만치도 없습니다.

거울을 볼 때에 절로 오던 웃음도 오지 않습니다.

꽃나무를 심고 물 주고 북돋우던 일도 아니합니다.

고요한 달그림자가 소리 없이 걸어와서 엷은 창에 소곤거리는 소리도 듣기 싫습니다.

가물고 더운 여름 하늘에 소낙비가 지나간 뒤에 산모퉁이의 작은 숲에서 나는 서늘한 맛도 달지 않습니다.

동무도 없고 노리개도 없습니다.

나는 당신이 가신 뒤에 이 세상에서 얻기 어려운 쾌
락이 있읍니다.
그것은 다른 것이 아니라 이따금 실컷 우는 것입니다.

이 시에서의 '임=당신'은 조국의 독립(자주독립을 의미한다)을
상징한다. 첫 연 첫 행의 '님이여 당신은 나를 당신 계신 때처럼
잘 있는 줄로 아십니까.'라는 표현은 자주성을 잃은 조국의 현실
을 가슴아파하는 시인의 마음이 여실히 드러나고 있는 대목이다.
시인은 조국의 암울한 현실에 대하여 괴로워하고 비통의 눈물을
흘리는 것조차도 오히려 하나의 쾌락이라고 강조한다.

사랑의 끝판

네 네 가요, 지금 곧 가요.

에그, 등불을 켜랴다가 초를 거꾸로 꽂았읍니다그려. 저를 어쩌나, 저 사람들이 흉보겠네.

님이여, 나는 이렇게 바쁩니다. 님은 나를 게으르다고 꾸짖읍니다. 에그 저것 좀 보아, '바쁜 것이 게으른 것이다'하시네.

내가 님의 꾸지람을 듣기로 무엇이 싫겠읍니까. 다만 님의 거문고 줄이 완급(緩急)을 잃을까 저어합니다.

님이여, 하늘도 없는 바다를 거쳐서 느릅나무 그늘을 지워버리는 것은 달빛이 아니라 새는 빛입니다.

홰를 탄 닭은 날개를 움직입니다.

마구에 매인 말은 굽을 칩니다.

네 네 가요, 이제 곧 가요.

암울한 조국의 현실에 대한 시인의 항거가 시로서 승화되고 있
다. 일제의 압박 속에서 신음하는 우리 민족의 아픔을 덜어주기
위하여 시인은 조국의 부름에 충성으로써 화답하고 있다. 조국의
광복을 위하여 무엇인가를 하지 않을 수 없는 시인의 다급한 마
음이 시의 전편에 잘 나타나고 있다.

꽃싸움

　당신은 두견화를 심으실 때에 '꽃이 피거든 꽃싸움
하자'고 나에게 말하였습니다.
　꽃은 피어서 시들어가는데 당신은 옛 맹세를 잊으시
고 아니 오십니까.

　나는 한 손에 붉은 꽃수염을 가지고 한 손에 흰 꽃
수염을 가지고 꽃싸움을 하여서 이기는 것은 당신이
라 하고 지는 것은 내가 됩니다.
　그러나 정말로 당신을 만나서 꽃싸움을 하게 되면
나는 붉은 꽃수염을 가지고 당신은 흰 꽃수염을 가
지게 합니다.
　그러면 당신은 나에게 번번이 지십니다.
　그것은 내가 이기기를 좋아하는 것이 아니라 당신이
나에게 지기를 기뻐하는 까닭입니다.
　번번이 이긴 나는 당신에게 우승의 상을 달라고 조르
겠습니다.
　그러면 당신은 빙긋이 웃으며 나의 뺨에 입 맞추겠습

니다.

　꽃은 피어서 시들어가는데 당신은 옛 맹세를 잊으시고 아니 오십니까.

조국의 광복을 기원하는 시이다. 흰 꽃수염과 붉은 꽃수염이 서로 잘 대조되어 시를 한층 성공시키고 있다. '꽃은 피어서 시들어가는데 당신은 옛 맹세를 잊으시고 아니 오십니까.'라는 글귀도 시인의 애달픈 마음을 강하게 드러내 주는 마무리가 되고 있다.

여름 밤이 길어요

당신이 계실 때에는 겨울밤이 짧더니 당신이 가신 뒤에는 여름밤이 길어요. 책력의 내용이 그릇되었나 하였더니 개똥불이 흐르고 벌레가 웁니다.

긴 밤은 어디서 오고 어디로 가는 줄을 분명히 알았읍니다.

긴 밤은 근심 바다의 첫물결에서 나와서 슬픈 음악이 되고 아득한 사막이 되더니 필경 절망의 성(城)너머로 가서 악마의 웃음 속으로 들어갑니다.

그러나 당신이 오시면 나는 사랑의 칼을 가지고 긴 밤을 베어서 일천(一千) 토막을 내겠읍니다.

당신이 계실 때는 겨울밤이 짧더니 당신이 가신 뒤는 여름밤이 길어요.

자유를 빼앗긴 조국의 암울한 현실을 적나라하게 표출시킨 시이
다. 자유를 빼앗긴 현실은 더없이 길고 지루한 법이다. 어서 빨리
조국의 광복을 맞이할 수 있었으면 하는 시인의 간구가 시로서 승
화되고 있다.

타고르의 시(GARDENISTO)를 읽고

벗이여 나의 벗이여, 애인의 무덤 위에 피어 있는
꽃처럼 나를 울리는 벗이여.

작은 새의 자취도 없는 사막의 밤에 문득 만난 님
처럼 나를 기쁘게 하는 벗이여.

그대는 옛 무덤을 깨치고 하늘까지 사무치는 백골
의 향기입니다.

그대는 화환을 만들려고 떨어진 꽃을 줍다가 다른
가지에 걸려서 주운 꽃을 헤치고 부르는 절망인 희
망의 노래입니다.

벗이여 깨어진 사랑에 우는 벗이여.

눈물이 능히 떨어진 꽃을 옛 가지에 도로 피게 할 수
는 없읍니다.

눈물을 떨어진 꽃에 뿌리지 말고 꽃나무 밑의 티끌
에 뿌리셔요.

벗이여 나의 벗이여.

죽음의 향기가 아무리 좋다 하여도 백골의 입술에 입 맞출 수는 없읍니다.

　그의 무덤을 황금의 노래로 그물 치지 마셔요. 무덤 위에 피 묻은 깃대를 세우셔요.

　그러나 죽은 대지가 시인의 노래를 거쳐서 움직이는 것을 봄바람은 말합니다.

　벗이여, 부끄럽습니다. 나는 그대의 노래를 들을 때에 어떻게 부끄럽고 떨리는지 모르겠읍니다.

　그것은 내가 나의 님을 떠나서 홀로 그 노래를 듣는 까닭입니다.

타고르의 시를 읽고 나서 쓴 시이다. 시인은 첫째 연에서 타고르의 위대한 시세계를 밝히고 있다. 이 시에서의 '벗(그대)'은 '타고르'를 뜻한다. 시인은 시의 끝부분에서 잃어버린 조국에 대한 상황을 아픈 마음으로 노래하고 있다. 만해의 대부분의 시가 다 그러하듯이 이 시 역시 상징시라고 할 수 있다.

명상(冥想)

아득한 명상의 작은 배는 가이없이 출렁거리는 달빛의 물결에 표류되어 멀고 먼 별 나라를 넘고 또 넘어서 이름도 모르는 나라에 이르렀습니다.

이 나라에는 어린아기의 미소와 봄 아침과 바닷소리가 합하여 사람이 되었습니다.

이 나라 사람은 '옥쇄'의 귀한 줄도 모르고 황금을 밟고 다니고는 미인(美人)의 청춘을 사랑할 줄도 모릅니다.

이 나라 사람은 웃음을 좋아하고 푸른 하늘을 좋아합니다.

명상의 배를 이 나라의 궁전에 매었더니 이 나라 사람들은 나의 손을 잡고 같이 살자고 합니다. 그러나 나는 님이 오시면 그의 가슴에 천국을 꾸미려고 돌아왔읍니다.

달빛의 물결은 흰 구슬을 머리에 이고 춤추는 어린 풀의 장단을 맞추어 우쭐거립니다.

한용운의 대부분의 시가 다 그렇듯이 이 시 역시 상징시이다.
조국에 대한 끝없는 사랑과 인생의 무상함, 그리고 숭고한 자연
에 대한 아름다움을 그 주제로 하고 있는 시이다. 오랜 꿈 속에
서 깨어나 사랑하는 임(조국) 또는 조국의 광복을 기다리기 위
하여 현실로 돌아오는 시인의 마음이 잘 나타나 있다.

당신의 마음

　나는 당신의 눈썹이 검고 귀가 갸름한 것도 보았습니다.
　그러나 당신의 마음을 보지 못하였읍니다.
　당신이 사과를 따서 나를 주려고 크고 붉은 사과를 따로 쌀 때에 당신의 마음이 그 사과 속으로 들어가는 것을 분명히 보았읍니다.

　나는 당신의 둥근 배와 잔나비 같은 허리를 보았읍니다.
　그러나 당신의 마음을 보지 못하였읍니다.
　당신이 나의 사진과 어떤 여자의 사진을 같이 들고 볼 때에 당신의 마음이 두 사진의 사이에서 초록빛이 되는 것을 분명히 보았읍니다.

　나는 당신의 발톱이 희고 발꿈치가 둥근 것도 보았읍니다.
　그러나 당신의 마음을 보지 못하였읍니다.

당신이 떠나시려고 나의 큰 보석 반지를 주머니에 넣으실 때에 당신의 마음이 보석 반지 너머로 얼굴을 가리고 숨는 것을 분명히 보았읍니다.

이 시 역시 '잃어버린 조국에 대한 아픔과 조국 광복에 대한 끝없는 염원'을 주제로 하고 있는 상징시이다. 땅은 있으되 그 땅을 마음대로 밟을 수조차 없는 조국의 현실에 대한 시인의 고뇌가 한 편의 시로써 승화되고 있다. 형체밖에 없는 조국, 알맹이가 없는 조국의 현실을 노래하고 있는 시이다. 이 시에서의 '마음'은 곧 '조국의 자유와 자주'를 상징한다고 볼 수 있다.

거문고 탈 때

달 아래에서 거문고를 타기는 근심을 잊을까 함이
러니 첫 곡조가 끝나기 전에 눈물이 앞을 가려서 밤
은 바다가 되고 거문고 줄은 무지개가 됩니다.

거문고 소리가 높았다가 가늘고, 가늘다가 높을
때에 당신은 거문고 줄에서 그네를 뜁니다.

마지막 소리가 바람을 따라서 느티나무 그늘로 사
라질 때에 당신은 나를 힘없이 보면서 아득한 눈을
감습니다.

아아, 당신은 사라지는 거문고 소리를 따라서 아
득한 눈을 감습니다.

이 시에서 '당신'은 '조국'이다. 그리고 '당신의 눈'은 '조국의
평화와 자유'를 상징한다. 이 시의 주제는 '잃어버린 조국에 대
한 분노와 조국 광복에의 염원'이다.

우는 때

꽃핀 아침, 달 밝은 저녁, 비 오는 밤, 그때가 가장 님 기루운 때라고 남들은 말합니다.

나도 같은 고요한 때로는 그때에 많이 울었읍니다.

그러나 나는 여러 사람이 모여서 말하고 노는 때에 더 울게 됩니다.

님 있는 여러 사람들은 나를 위로하여 좋은 말은 합니다마는 나는 그들의 위로하는 말을 조소로 듣읍니다.

그때에는 울음을 삼켜서 눈물을 속으로 창자를 향하여 흘립니다.

조국을 잃은 시인의 슬픔은 인간이 가질 수 있는 가장 극한적인 슬픔일 수밖에 없다. 조국을 잃지 않은 다른 민족들은 모두들 우리 민족에게 위로의 말을 하지만, 시인은 그들의 위로의 말조차도 오히려 조소로밖에 들리지 않는다고 통정한다. 시인의 '조국애'가 이 시의 주제이다.

최초(最初)의 님

맨 첨에 만난 님과 님은 누구이며 어느 때인가요.

맨 첨에 이별한 님과 님은 누구이며 어느 때인가요.

맨 첨에 만난 님과 님이 맨 첨으로 이별하였읍니까.

다른 님과 님이 맨 첨으로 이별하였읍니까.

나는 맨 첨에 만난 님과 님이 맨 첨으로 이별한 줄로 압니다.

만나고 이별이 없는 것은 님이 아니라 나입니다.

이별하고 만나지 않는 것은 님이 아니라 길 가는 사람입니다.

우리들은 님에 대하여 만날 때에 이별을 염려하고 이별할 때에 만남을 기약합니다.

그것은 맨 첨에 만난 님과 님이 다시 이별한 유전성(遺傳性)의 흔적입니다.

그러므로 만나지 않는 것도 님이 아니요, 이별이 없는 것도 님이 아닙니다.

님은 만날 때에 웃음을 주고 떠날 때에 눈물을 줍

니다.

만날 때의 웃음보다 떠날 때의 눈물이 좋고 떠날 때의 눈물보다 다시 만나는 웃음이 좋습니다.

아아, 님이여 우리의 다시 만나는 웃음은 어느 때에 있읍니까.

여기에서의 '최초의 님'이란 바로 시인이 태어난 '조국'을 상징하는 말이다.

당신 가신 때

당신이 가실 때에 나는 다른 시골에 병들어 누워서 이별의 키스도 못하였습니다.

그때는 가을바람이 첨으로 나서 단풍이 한 가지에 두서너 잎이 붉었습니다.

나는 영원의 시간에서 당신 가신 때를 끊어 내겠습니다. 그러면 시간은 두 도막이 납니다.

시간의 한 끝은 당신이 가지고 한 끝은 내가 가졌다가 당신의 손과 나의 손이 마주잡을 때에 가만히 이어 놓겠습니다.

그러면 붓대를 잡고 남의 불행한 일만 쓰려고 기다리는 사람들도 당신의 가신 때는 쓰지 못할 것입니다.

나는 영원의 시간에서 당신 가신 때를 끊어 내겠습니다.

잃어버린 조국에 대한 슬픔과 사랑하는 임(조국의 광복)이 다시 오기를 기다리는 시인의 정한이 이 시의 주제를 이루고 있다. 마치 악몽과도 같은 조국의 불운 속에서 시인은 남에게 조국을 빼앗긴 시대를 차라리 역사의 한 부분에서 지워버리겠다는 신념을 밝히고 있다.

거짓 이별

당신과 나와 이별한 때가 언제인지 아십니까.
가령 우리가 좋을 대로 말하는 것과 같이 이별이라 할지라도 나의 입술이 당신의 입술에 닿지 못하는 것이 사실입니다.

이 거짓 이별은 언제 우리에게서 떠날 것인가요.
한 해 두 해 가는 것이 얼마 아니 된다고 할 수가 없읍니다.
시들어가는 두 볼의 도화(桃花)가 무정한 봄바람에 몇 번이나 스쳐서 낙화가 될까요.
회색이 되어 가는 두 귀 밑의 푸른 구름이 쬐는 가을볕에 얼마나 바래서 백설이 될까요.

머리는 희어가도 마음은 붉어 갑니다.
피는 식어가도 눈물은 더워 갑니다.
사랑의 언덕엔 사태가 나도 희망의 바다엔 물결이 뛰놀아요.

이른바 거짓 이별이 언제든지 우리에게서 떠날 줄만
은 알아요.
　그러나 한 손으로 이별을 가지고 가는 날(日)은 또
한 손으로 죽음을 가지고 와요.

지금 사랑하는 임과 헤어지기는 했어도 그 헤어짐은 사실 거짓
이라는 시인의 고백이 강렬한 여운으로 다가오는 작품이다.

당신의 편지

당신의 편지가 왔다기에 꽃밭 매던 호미를 놓고 떼어 보았읍니다.

그 편지는 글씨는 가늘고 글줄은 많으나 사연은 간단합니다.

만일 님이 쓰신 편지이면 글은 짧을지라도 사연은 길 터인데.

낭신의 편지기 왔다기에 바느질 그릇을 치워놓고 떼어 보았읍니다.

그 편지는 나에게 잘 있느냐고만 묻고 언제 오신 다는 말은 조금도 없었읍니다.

만일 님이 쓰신 편지이면 나의 일은 묻지 않더라도 언제 오신다는 말을 먼저 썼을 터인데.

당신의 편지가 왔다기에 약을 달이다 말고 떼어 보았읍니다.

그 편지는 당신의 주소는 다른 나라의 군함입니다.

만일 님이 쓰신 편지이면 남의 군함에 있는 것이 사실이라 할지라도 편지에는 군함에서 떠났다고 하였을 터인데.

날마다 사랑하는 임(조국 또는 조국의 광복)이 오기를 기다리고 있던 시인에게 가끔씩 전해져 오는 소식은 그다지 확실한 것이 못되고 있다. 시인은 지금 사랑하는 임이 언제 오시는가 하는 점이 가장 궁금한 것이련만, 소식은 막연한 기약만을 전해온다. 그리하여 시인은 못내 외롭고 허전한 것이다.

잠꼬대

'사랑이라는 것은 다 무엇이냐, 진정한 사람에게는 눈물도 없고 웃음도 없는 것이다.

사랑의 뒤웅박을 발길로 차서 깨뜨려 버리고, 눈물과 웃음을 티끌 속에 합장(合葬) 하여라.

이지(理智)와 감정을 두드려 깨쳐서 가루를 만들어 버려라.

그리고 허무의 절정에 올라가서 어지럽게 춤추고 미치게 노래하여라.

그리고 애인과 악마를 똑같이 술을 먹여라.

그리고 천치가 되든지 미치광이가 되든지 산송장이 되든지 하여 버려라.

그래 너는 죽어도 사랑이라는 것은 버릴 수가 없단 말이냐.

그렇거든 사랑의 꽁무니에 도롱태를 달아라.

그래서 네 멋대로 끌고 돌아다니다가, 쉬고 싶으거든 쉬고, 자고 싶으거든 자고, 살고 싶으거든 살고,

죽고 싶으거든 죽어라.

　사랑의 발바닥에 말목을 쳐놓고 붙들고 서서 엉엉
우는 것은 우스운 일이다.

　이 세상에는 이마빡에다 '님'이라고 새기고 다니는
사람은 하나도 없다.

　연애는 절대 자유요, 정조는 유동(流動)이요, 결혼
식장은 임간(林間)이다.'

　나는 잠결에 큰 소리로 이렇게 부르짖었다

　아아 혹성같이 빛나는 님의 미소는 흑암(黑闇)의
광선에서 채 사라지지 아니하였읍니다.

　잠의 나라에서 몸부림치던 사랑의 눈물은 어느덧
베개를 적셨읍니다.

　용서하셔요, 님이여 아무리 잠이 지은 허물이라도,
님이 벌을 주신다면, 그 벌을 잠을 주기는 싫습니다.

시인은 자신의 조국애를 잠꼬대를 통하여 반증시킴으로서 더 강렬한 조국애를 표출시키고 있다. '그래 너는 죽어도 사랑하는 것은 버릴 수가 없단 말이냐'라고 자기 스스로에게 반문하는 시인의 마음은 사실 점점 더 강한 조국애로 무장되고 있는 것이다.

꽃이 먼저 알아

옛집을 떠나서 다른 시골에서 봄을 만났읍니다.

꿈은 이따금 봄바람을 따라서 아득한 옛터에 이릅니다.

지팡이는 푸르고 푸른 풀빛에 묻혀서 그림자와 서로 따릅니다.

길가에서 이름도 모르는 꽃을 보고서 행여 근심을 잊을까 하고 앉았읍니다.

꽃송이에는 아침 이슬이 아직 마르지 아니한가 하였더니, 아아, 나의 눈물이 떨어진 줄이야 꽃이 먼저 알았읍니다.

이 시 역시 조국을 잃은 시인의 슬픔이 한 편의 시로써 승화된 작품이다. '꽃송이에는 아침이슬이 아직 마르지 아니한가 하였더니 아아, 나의 눈물이 떨어진 줄이야 꽃이 먼저 알았읍니다.' 라는 마지막 연의 클라이맥스는 시인이 처한 암울한 현실의 분위기를 잘 드러내 보여주고 있다.

사랑하는 까닭

내가 당신을 사랑하는 것은 까닭이 없는 것이 아닙니다.

다른 사람들은 나의 홍안(紅顏)만을 사랑하지마는 당신은 나의 백발(白髮)도 사랑하는 까닭입니다.

내가 당신을 기루워하는 것은 까닭이 없는 것이 아닙니다.

나른 사람들은 나의 미소만을 사랑하지마는 당신은 나의 눈물도 사랑하는 까닭입니다.

내가 당신을 기다리는 것은 까닭이 없는 것이 아닙니다.

다른 사람들은 나의 건강만을 사랑하지마는 당신은 나의 죽음도 사랑하는 까닭입니다.

이 시의 주제는 시인의 끝없는 '조국애'이다. 시인이 조국을 사랑하는 까닭은 바로 조국의 품이 넓고 깊은 포용성이 있다는 점에서이다. 이 땅에 태어난 모든 민족에게는 똑같은 사랑으로 감싸주는 조국의 민족적인 바탕을 찬미하는 시인의 정념이 이 시의 전편에 흐르고 있다.

논개의 애인이 되어서 그의 묘(廟)에

날과 밤으로 흐르고 흐르는 남강은 가지 않습니다.

바람과 비에 우두커니 섰는 촉석루는 살 같은 광음(光陰)을 따라서 달음질칩니다.

논개여, 나에게 울음과 웃음을 동시에 주는 사랑하는 논개여.

그대는 조선의 무덤 가운데 피었던 좋은 꽃의 하나이다. 그래서 그 향기는 썩지 않는다.

나는 시인으로 그대의 애인이 되었노라.

그대는 어디 있느뇨. 죽지 않은 그대가 이 세상에는 없구나.

나는 황금의 칼에 베어진 꽃과 같이 향기롭고 애처로운 그대의 당년(當年)을 회상한다.

술 향기에 목마친 고요한 노래는 옥(獄)에 묻힌 썩은 칼을 울렸다.

춤추는 소매를 안고 도는 무서운 찬바람은 귀신 나라의 꽃수풀을 거쳐서 떨어지는 해를 얼렸다.

가냘픈 그대의 마음은 비록 침착하였지만, 떨리는 것보다도 더욱 무서웠다.

아름답고 무독(無毒)한 그대의 눈은 비록 웃었지만 우는 것보다도 더욱 슬펐다.

붉은 듯하다가 푸르고 푸른 듯하다가 희어지며, 가늘게 떨리는 그대의 입술은 웃음의 조운(朝雲)이냐, 울음의 모우(暮雨)냐, 새벽달의 비밀이냐, 이슬꽃의 상징이냐.

빠비 같은 그대의 손에 꺾이우지 못한 낙화대의 남은 꽃은 부끄럼에 취하여 얼굴이 붉었다.

옥 같은 그대의 발꿈치에 밟히운, 강 언덕의 묵은 이끼는 교긍(驕矜)에 넘쳐서 푸른 사롱(紗籠)으로 자기의 제명(題名)을 가리었다.

아아 나는 그대도 없는 빈 무덤 같은 집을 그대의 집 이라고 부릅니다.

만일 이름뿐이나마 그대의 집도 없으면, 그대의 이

름을 불러 볼 기회가 없는 까닭입니다.

나는 꽃을 사랑합니다마는, 그대의 집에 피어 있는 꽃을 꺾을 수는 없으니다.

그대의 집에 피어 있는 꽃을 꺾으려면 나의 창자가 먼저 꺾여지는 까닭입니다.

나는 꽃을 사랑합니다마는, 그대의 집에 꽃을 심을 수는 없습니다.

그대의 집에 꽃을 심으려면 나의 가슴에 가시가 먼저 심어지는 까닭입니다.

용서하여요 논개여, 금석 같은 굳은 언약을 저버린 것은 그대가 아니오, 나입니다.

용서하여요 논개여, 쓸쓸하고 호젓한 잠자리에 외로이 누워서 끼친 한에 울고 있는 것은 내가 아니오, 그대입니다.

나의 가슴에 '사랑'의 글자를 황금으로 새겨서 그대의 사당(祠堂)에 기념비를 세운들 그대에게 무슨 위로가 되오리까.

나의 노래에 '눈물'의 곡조를 낙인으로 찍어서 그대의 사당에 제종(祭鐘)을 울린대도 나에게 무슨 속죄(贖罪)가 되오리까.

나는 다만 그대의 유언대로 그대에게 다하지 못한 사랑을 영원히 다른 여자에게 주지 아니할 뿐입니다.

그것은 그대의 얼굴과 같이 잊을 수가 없는 맹세입니다.

용서하여요 논개여, 그대가 용서하면, 나의 죄는 신에게 참회를 아니한대도 사라지겠습니다.

천추에 죽지 않는 논개여,

하루도 살 수 없는 논개여.

그대를 사랑하는 나의 마음이 얼마나 즐거우며 얼마나 슬프겠는가.

나는 웃음이 겨워서 눈물이 되고, 눈물이 겨워서 웃음이 됩니다.

용서하여요, 사랑하는 오오 논개여.

지극한 조국애에 사무쳐서 왜장의 목을 끌어안고 강물로 뛰어
들어 순사한 논개를 애모하는 시이다. 빼앗긴 조국을 그토록 사
랑하여 죽음까지도 불사하였던 논개의 충정을 연모하여 합장하
는 시인의 정한이 장시(長時)로 승화되고 있다.

후회(後悔)

　당신이 게실 때에 알뜰한 사랑을 못하였읍니다.

　사랑보다 믿음이 많고 즐거움보다 조심이 더하였
읍니다.

　게다가 나의 성격이 냉담하고 더구나 가난에 쫓
겨서 병들어 누운 당신에게 도리어 소활(疏闊) 하였읍
니다.

　그러므로 당신이 가신 뒤에 떠난 근심보다 뉘우치
는 눈물이 많읍니다.

119

조국을 잃지 않았을 때에는 조국의 고마움을 알지 못하였는데,
막상 조국을 잃고 나니 조국의 필요성이 더욱 간절해질 수 밖
에 없었던 안타까운 심정을 고요히 노래한 작품이다.

나는 잊고저

남들은 님을 생각한다지만
나는 님을 잊고저 하여요
잊고저 할수록 생각하기로
행여 잊힐까 하고 생각하여 보았읍니다.

잊으려면 생각하고
생각하면 잊히지 아니하니
잊도 말고 생각도 말어 볼까요.
잊든지 생각든지 내버려 두어 볼까요.
그러나 그리도 아니되고
끊임없는 생각생각에 님뿐인데 어찌하여요.
구태여 잊으려면
잊을 수가 없는 것은 아니지만
잠과 죽음뿐이기로
님 두고는 못하여요.

아아, 잊히지 않는 생각보다

잊고저 하는 그것이 더욱 괴롭습니다.

사랑하는 임에 대한 끝없는 그리움이 이 시의 주제를 이루고 있
다. 역설적인 표현으로 결코 잊을 수 없는 임에 대한 사모의 정
을 강조하고 있다.

낙원은 가시덤불에서

　죽은 줄 알았던 매화나무 가지에 구슬 같은 꽃망울을 맺혀 주는 쇠잔한 눈 위에 가만히 오는 봄기운은 아름답기도 합니다.
　그러나 그밖에 다른 하늘에서 오는 알 수 없는 향기는 모든 꽃의 죽음을 가지고 다니는 쇠잔한 눈이 주는 줄을 아십니까.

　구름은 가늘고 시냇물은 얕고 가을 산은 비었는데 파리한 바위 사이에 실컷 붉은 단풍은 곱기도 합니다.
　그러나 단풍은 노래도 부르고 울음도 웁니다. 그러한 '자연의 인생'은 가을바람의 꿈을 따라 사라지고 기억에만 남아 있는 지난 여름의 무르익은 녹음이 주는 줄을 아십니까.
　일경초(一莖草)가 장육금신(丈六金身)이 되고 장육금신이 일경초가 됩니다.
　천지는 한 보금자리요, 만유(萬有)는 같은 소조(小鳥)입니다.

나는 자연의 거울에 인생을 비춰보았읍니다.

고통의 가시덤불 뒤에 환희의 낙원을 건설하기 위하여 님을 떠난 나는 아아 행복입니다

행복은 그저 주어지는 것이 아니다. 낙원은 하늘로부터 그냥 떨어지는 것이 아니다. 끝없어 보이는 고통의 나날 속에서 인고의 아픔을 딛고 일어설 때에 비로소 행복의 무늬가 잡히게 된다. 시인은 지금 사랑하는 조국을 잃었지만, 그것은 더 큰 광복을 가져오기 위한 운명의 준비 과정인 시련임을 인지하고 있는 것이다.

참아 주셔요

나는 당신을 이별하지 아니할 수가 없읍니다. 님이여, 나의 이별을 참아 주셔요.

당신은 고개를 넘어갈 때에 나를 돌아보지 마셔요. 나의 몸은 한 작은 모래 속으로 들어가려 합니다.

님이여, 이별을 참을 수가 없거든 나의 죽음을 참아 주셔요.

나의 생명의 배는 부끄럼의 땀의 바다에서 스스로 폭침(爆沈)하려 합니다. 님이여, 님의 입김으로 그것을 불어서 속히 잠기게 하여 주셔요. 그리고 그것을 웃어 주셔요.

님이여, 나의 죽음을 참을 수가 없거든 나를 사랑하지 말아 주셔요. 그리하고 나로 하여금 당신을 사랑할 수가 없도록 하여 주셔요.

나의 몸은 터럭 하나도 빼지 아니한 채로 당신의 품에 사라지겠읍니다.

님이여, 당신과 내가 사랑의 속에서 하나가 되는 것을 참아 주셔요. 그리하여 당신은 나를 사랑하지 말고, 나로 하여금 당신을 사랑할 수가 없도록 하여 주셔요. 오오 님이여.

이 시는 잃어버린 조국에 대한 시인의 울분을 시로써 승화시킨 작품이다. '참아주셔요'라는 역설적인 표현이 시의 주제 의식을 한껏 드높이고 있다. '참아 주셔요'라는 말 속에는 '절대로 참으시면 안 됩니다'라는 반대 의사가 내재되어 있다.

어느 것이 참이냐

　얇은 사(紗)의 장막이 작은 바람에 휘둘려서 처녀
의 꿈을 휩싸듯이 자취도 없는 당신의 사랑은 나의
청춘을 휘감습니다.

　발딱거리는 어린 피는 고요하고 맑은 천국의 음악
에 춤을 추고 헐떡이는 작은 영(靈)은 소리 없이 떨
어지는 천화(天花)의 그늘에 잠이 듭니다.

　가는 봄비가 드린 버들에 둘려서 푸른 연기가 되듯
이 끝도 없는 당신의 정(情)실이 나의 잠을 얽습니다.

　바람을 따라가려는 짧은 꿈은 이불 안에서 몸부림
치고, 강 건너 사람을 부르는 바쁜 잠꼬대는 목 안
에서 그네를 뜁니다.

　비낀 달빛이 이슬에 젖은 꽃수풀을 싸라기처럼 부
시듯이 당신의 떠난 한은 드는 칼이 되어서 나의 애
를 도막도막 끊어 놓았읍니다.

　문 밖의 시냇물은 물결을 보태려고 나의 눈물을

받으면서 흐르지 않습니다.

　봄 동산의 미친 바람은 꽃 떨어뜨리는 힘을 더하
려고 나의 한숨을 기다리고 섰읍니다.

우리 민족사의 한 장을 어둡게 물들였던 일제 치하에서 신음하
는 시인의 안타까운 모습이 강렬하게 떠오르는 작품이다.

인과율(因果律)

당신은 옛 맹세를 깨치고 가십니다.

당신의 맹세는 얼마나 참되었습니까. 그 맹세를 깨치고 가는 이별은 믿을 수가 없습니다.

참 맹세를 깨치고 가는 이별은 옛 맹세로 돌아올 줄을 압니다. 그것은 엄숙한 인과율입니다.

나는 당신과 떠날 때에 입맞춘 입술이 마르기 전에 당신이 돌아와서 다시 입맞추기를 기다립니다.

그러나 당신의 가시는 것은 옛 맹세를 깨치려는 고의가 아닌 줄을 나는 압니다.

비록 당신이 지금의 이별을 영원히 깨치지 않는다 하여도 당신의 최후의 접촉을 받은 나의 입술을 다른 남자의 입술에 댈 수는 없습니다.

만나고 헤어짐은 무릇 인과(因果)의 율법이다. 그러나 시인은 떠나간 임을 잊지 않으므로, 다른 임(새로운 임)을 새로 사랑할 수는 결코 없다는 의지가 시의 전편에 흐르고 있다.

달을 보며

달은 밝고 당신이 하도 기루었읍니다.
자던 옷을 고쳐 입고 뜰에 나와 퍼지르고 앉아서 달
을 한참 보았읍니다.

달은 차차차 당신의 얼굴이 되더니 넓은 이마, 둥근
코 아름다운 수염이 역력히 보입니다.
간 해에는 당신이 달로 보이더니 오늘 밤에는 달이
당신의 얼굴로 됩니다.

당신의 얼굴이 달이기에 나의 얼굴도 달이 되었읍
니다.
나의 얼굴은 그믐달이 된 줄을 당신이 아십니까.
아아, 당신의 얼굴이 달이기에 나의 얼굴도 달이 되
었읍니다.

사랑하는 임에 대한 그리움과 기다림이 이 시의 주제이다.
여기에서의 임은 잃어버린 조국과 조국의 광복을 의미한다.
시에서 '당신'이라는 표현은 곧 '임(조국)'을 상징한다.

님의 얼굴

님의 얼굴을 '어여쁘다'고 하는 말은 적당한 말이 아닙니다.

어여쁘다는 말은 인간 사람의 얼굴에 대한 말이요, 님은 인간의 것이라고 할 수가 없을 만치 어여쁜 까닭입니다.

자연은 어찌하여 그렇게 어여쁜 님을 인간으로 보냈는지 아무리 생각하여도 알 수가 없읍니다.

알겠읍니다. 자연의 가운데에는 님의 짝이 될 만한 무엇이 없는 까닭입니다.

님의 입술 같은 연꽃이 어디 있어요. 님의 살빛 같은 백옥(白玉)이 어디 있어요.

봄 호수에서 님의 눈결 같은 잔물결을 보았읍니까. 아침볕에서 님의 미소 같은 방향(芳香)을 들었읍니까.

천국의 음악은 님의 노래의 반향(反響)입니다. 아름

다운 별들은 님의 눈빛의 화현(化現)입니다.

　아아, 나는 님의 그림자요.

　님은 님의 그림자밖에는 비길 만한 것이 없읍니다.

　님의 얼굴을 어여쁘다고 하는 말은 적당한 말이 아닙
니다.

너무나도 사랑하는 임(조국)이기에 그 어떤 표현으로도 '임'을
형상화시킬 수가 없는 시인의 애절한 마음이 시의 전편을 흐르
고 있다. 강한 '조국애'가 이 시의 주제를 이루고 있다.

당신을 보았읍니다

당신이 가신 뒤로 나는 당신을 잊을 수가 없었읍
니다.

까닭은 당신을 위하느니 보다 나를 위함이 많습니다.

나는 갈고 심을 땅이 없으므로 추수(秋收)가 없읍니다.

저녁거리가 없어서 조나 감자를 꾸러 이웃집에
갔더니, 주인(主人)은 '거지는 인격이 없다. 인격이 없
는 사람은 생명이 없다. 너를 도와주는 것은 죄악이
다.'고 말하였읍니다.

그 말을 듣고 돌아 나올 때에 쏟아지는 눈물 속에서
당신을 보았읍니다.

나는 집도 없고 다른 까닭을 겸하여 민적(民籍)이
없읍니다.

'민적 없는 자(者)는 인권이 없다. 인권이 없는 너에
게 무슨 정조냐.' 하고 능욕(凌辱)하려는 장군(將軍)이
있었읍니다.

그를 항거(抗拒)한 뒤에, 남에게 대한 격분이 스스로의 슬픔으로 화(化)하는 찰나에 당신을 보았읍니다.

아아. 온갖 윤리, 도덕, 법률은 칼과 황금을 제사지내는 연기(煙氣)인 줄을 알았읍니다.

영원의 사랑을 받을까, 인간역사(人間歷史)의 첫 페이지에 잉크칠을 할까, 술을 마실까 망설일 때에 당신을 보았읍니다.

조국을 잃은 시인이 끝끝내 조국을 잊지 못하고 있다. 어둠 속에 갇혀 버린 조국일망정, 시인은 조국 사랑하는 마음을 저버리지 못하고 있다.

포도주(葡萄酒)

　가을바람과 아침 볕에 마치 맞게 익은 향기로운 포
도를 따서 술을 빚었읍니다. 그 술 고이는 향기는 가을
하늘을 물들입니다,
　님이여! 그 술을 연잎잔에 가득히 부어서 님에게
드리겠읍니다.
　님이여, 떨리는 손을 거쳐서 타오르는 입술을 축이
셔요.

　님이여, 그 술은 한 밤을 지나면 눈물이 됩니다.
　아아, 한 밤을 지나면 포도주가 눈물이 되지마는
또 한 밤을 지나면 나의 눈물이 다른 포도주가 됩니
다. 오오, 님이여.

여기에서의 님은 조국(잃어버린 조국의 광복과 자유)을 의미한
다. 시인은 조국의 광복을 기원하면서, 만약 조국 광복이 된다
면 포도주를 마시면서 행복한 축제를 벌이겠다고 다짐한다. 그
러나 기다리는 조국 광복은 오지 않아 시인은 슬픔에 잠긴다.
시인의 눈물은 어느 사이에 포도주처럼 흘러내린다. 시인의 가
슴은 눈물과 포도주로 뒤범벅이 된다. 조국애의 강한 신념이
시의 바탕을 이루고 있다.

님의 손길

님의 사랑은 강철을 녹이는 불보다도 뜨거운데, 님의 손길은 너무 차서 한도(限度)가 없읍니다.

나는 이 세상에서 서늘한 것도 보고 찬 것도 보았읍니다. 그러나 님의 손길같이 찬 것은 볼 수가 없었읍니다.

국화 핀 서리 아침에 떨어진 잎새를 울리고 오는 가을 바람도 님의 손길보다는 차지 못합니다.

달이 작고 별에 뿔나는 겨울 밤에 얼음 위에 쌓인 눈도 님의 손길보다는 차지 못합니다.

감로(甘露)와 같이 청량(淸凉)한 선사(禪師)의 설법(說法)도 님의 손길보다는 차지 못합니다.

나의 작은 가슴에 타오르는 불꽃은 님의 손길이 아니고는 끄는 수가 없읍니다.

님의 손길의 온도를 측량할 만한 한란계는 나의 가슴밖에는 아무 데도 없읍니다.

님의 사랑은 불보다도 뜨거워서 근심산(山)을 태

우고 한(恨) 바다를 말리는데 님의 손길은 너무도 차서
한도가 없읍니다.

이 시에서의 임은 곧 '조국(잃어버린 조국 또는 짓밟힌 민족)'
을 상징한다. 조국의 사랑은 강철을 녹이는 물보다도 뜨거운
데, 그렇게 뜨거운 임의 손길은 너무나도 차가워서 끝이 없다
는 만해의 심사는 암울한 현실과도 통한다.

꿈이라면

사랑의 속박이 꿈이라면
출세의 해탈(解脫)도 꿈입니다.
웃음과 눈물이 꿈이라면
무심의 광명도 꿈입니다.
일체 만법(一切萬法)이 꿈이라면
사랑의 꿈에서 불멸을 얻겠습니다.

이 시는 만해 한용운의 종교관을 엿보게 하는 작품이다. 해탈
과 광명과 불멸을 차례로 나열하면서 시의 심도를 높여가고
있다. 맨 처음 사랑으로 시를 전개하여 마지막 부분도 사랑으
로 마무리 짓고 있다. 모든 것은 사랑으로부터 시작하여 사랑
으로 통합되고, 결국은 사랑으로 귀결되어진다는 종교적인 차
원의 설법이 이 시의 전편에 흐르고 있다.

심은 버들

뜰 앞에 버들을 심어
님의 말을 매렸더니
님은 가실 때에
버들을 꺾어 말채찍을 하였읍니다.

버들마다 채찍이 되어서
님을 따르는 나의 말도 채칠까 하였더니
남은 가지 천만사(千萬絲)는
해마다 해마다 보낸 한(恨)을 잡아맵니다.

언뜻 보면 단순한 사랑의 정한을 노래한 시처럼 보이지만 사실
그 속에는 잃어버린 조국에 대한 통한의 눈물과 조국 광복에 대
한 끝없는 염원이 서려있는 작품이다.

산거(山居)

티끌 세상을 떠나면
모든 것을 잊는다 하기에
산을 깎아 집을 짓고
돌을 뚫어 샘을 팠다
구름은 손인 양하여
스스로 왔다 스스로 가고
달은 파수꾼도 아니건만
밤을 새워 문을 지킨다.
새소리를 노래라 하고
솔바람을 거문고라 하는 것은
옛사람의 두고 쓰는 말이다
님 기루워 잠 못 이루는
오고 가지 않는 근심은
오직 작은 베개가 알 뿐이다

공산(空山)의 적막이여
어디서 한가한 근심을 가져 오는가

차라리 두견성(杜鵑聲)도 없이
고요히 근심을 가져오는
오오 공산(空山)의 적막이여

속세와는 유리된 산속에서 적막한 공간에다 토해내는 일만 근심
의 뿌리는 모두 임에 대한 사랑으로부터 기인한다. 티끌 많은 세
상을 떠나면 모든 근심 걱정이 사라진다 하기에 속세를 떠나 산
으로 왔건만, 막상 산속에 와서 보니 그리운 임 생각은 한결 더해
진다.

비

비는 가장 큰 권위를 가지고 가장 좋은 기회를 줍니다.

비는 해를 가리고 하늘을 가리고 세상 사람의 눈을 가립니다.

그러나 비는 번개와 무지개를 가리지 않습니다.

나는 번개가 되어 무지개를 타고 당신에게 가서 사랑의 팔에 감기고자 합니다.

비 오는 날 가만히 가서 당신의 침묵을 가져온대도 당신의 주인은 알 수가 없습니다.

만일 당신이 비 오는 날에 오신다면 나는 연(蓮)잎으로 웃옷을 지어서 보내겠읍니다.

당신이 비 오는 날에 연잎 옷을 입고 오시면 이 세상에는 알 사람이 없읍니다.

당신이 비 가운데로 가만히 오셔서 나의 눈물을 가져가신대도 영원한 비밀이 될 것입니다.

비는 가장 큰 권위를 가지고 가장 좋은 기회를 줍
니다.

빼앗긴 조국을 되찾기 위해서 암약하던 시인이 암울한 현실을 시
로써 승화시킨 작품이다.

정천한해(情天恨海)

가을 하늘이 높다기로
정(情) 하늘을 따를소냐.
봄 바다가 깊다기로
한(恨) 바다만 못하리라.

높고 높은 정(情) 하늘이
싫은 것만 아니지만
손이 낮아서
오르지 못하고
깊고 깊은 한(恨) 바다가
병 될 것은 없지마는
다리가 짧아서
건너지 못한다.
손이 자라서 오를 수만 있으면
정(情) 하늘은 높을수록 아름답고
다리가 길어서 건널 수만 있으면
한(恨) 바다는 깊을수록 묘하니라.

만일 정(情) 하늘이 무너지고 한(恨) 바다가 마른다면
차라리 정천(情天)에 떨어지고 한해(恨海)에 빠지리라.
아아, 정(情) 하늘이 높은 줄만 알았더니
님의 이마보다는 낮다.
아아, 한(恨) 바다가 깊은 줄만 알았더니
님의 무릎보다는 얕다.

손이야 낮든지 다리야 짧든지
정(情) 하늘에 오르고 한(恨) 바다를 건너려면
님에게만 안기리라.

끊임없는 조국애를 노래한 시이다. 오로지 조국만을 사랑하리라
는 만해 한용운의 뜨거운 사랑에의 집념이 시심(詩心)으로 녹아
들어 정(情)의 하늘(天)을 만들고 한(恨)의 바다(海)를 이루었다.
삶의 가파른 언덕을 오르기 위해서는, 역경의 바다를 건너기 위해
서는 오로지 조국만을 사랑할 수밖에 없다는 시인의 주장이 당위
성을 띄고 일어서는 작품이다.

비밀(秘密)

비밀입니까, 비밀이라니요, 나에게 무슨 비밀이 있 겠읍니까.

나는 당신에게 대하여 비밀을 지키려고 하였읍니 다마는 비밀은 야속히도 지켜지지 아니하였읍니다.

나의 비밀은 눈물을 거쳐서 당신의 시각으로 들어 갔읍니다.

나의 비밀은 한숨을 거쳐서 당신의 청각으로 들어 갔읍니다.

나의 비밀은 떨리는 가슴을 거쳐서 당신의 촉각으 로 들어갔읍니다.

그 밖의 비밀은 한 조각 붉은 마음이 되어서 당신 의 꿈으로 들어갔읍니다.

그리고 마지막 비밀은 하나 있읍니다. 그러나 그 비밀은 소리없는 메아리와 같아서 표현할 수가 없 읍니다.

조국을 잃은 슬픔으로 한 평생을 살아야 했던 우리 민족의 많은 지도자들이 겪는 아픔을 통탄해하는 시이다. '비밀 없는 비밀'을 우리 민족은 누구나가 다 가지고 살아가지 않으면 안 되었던 것이다. 그 비밀이란 도대체 무엇일까? 조국 광복을 기다리는 우리 민족의 끝없는 투쟁 정신, 그리고 끝까지 싸워서 기어이 조국의 품에 광복을 안겨주고야 말겠다는 시인(우리 민족)의 굳은 마음의 결정이 곧 이 작품에 나타난 '비밀'이 아닐까?

사랑의 측량(測量)

즐겁고 아름다운 일은 양이 많을수록 좋은 것입니다.

그런데 당신의 사랑은 양이 적을수록 좋은가 봐요.

당신의 사랑은 당신과 나와 두 사람의 사이에 있는 것입니다.

사랑의 양을 알려면 당신과 나의 거리를 측량할 수밖에 없습니다.

그래서 당신과 나의 거리가 멀면 사랑의 양이 많고 거리가 가까우면 사랑의 양이 적을 것입니다.

그런데 적은 사랑은 나를 웃기더니 많은 사랑은 나를 울립니다.

뉘라서 사람이 멀어지면 사랑도 멀어진다고 하여요.

당신이 가신 뒤로 사랑이 멀어졌으면 날마다 날마다 나를 울리는 것은 사랑이 아니고 무엇이어요.

조국에 대한 간절한 애모의 정을 노래한 작품이다. 가까이 있을 때는 그 사랑하는 척도를 가늠하기가 힘든 법이다. 그러나 사랑하는 임이 멀리 떨어져 있으면 그 사랑하는 척도를 비교적 쉽게 가늠할 수가 있다. 못 견디게 그리운 임에 대한 시인의 마음은 이러한 논법으로 하여 한 편의 시로써 승화되고 있다.

반비례(反比例)

당신의 소리는 '침묵'인가요.

당신이 노래를 부르지 아니하는 때에, 당신의 노랫가락은 역력히 들립니다그려.

당신의 소리는 침묵이어요.

당신의 얼굴은 '흑암(黑闇)'인가요.

내가 눈을 감은 때에, 당신의 얼굴은 분명히 보입니다그려.

당신의 얼굴은 흑암이어요.

당신의 그림자는 '광명'인가요.

당신의 그림자는 달이 넘어간 뒤에, 어두운 창에 비칩니다그려.

당신의 그림자는 '광명'이어요.

사랑하는 마음이 간절할수록 차마 '사랑한다'는 말이 나오지 않
는 법이다. 슬픔이 지나치면 지나칠수록 오히려 눈물이 나오지
않는 법이다. 그 극한적인 반비례의 현상을 노래한 시이다. 여기
에서의 '당신'은 곧 '조국(조국의 광복)'을 상징한다.

금강산

만이천봉(萬二千峰)! 무양(無恙) 하냐 금강산아.
너는 너의 님이 어디서 무엇을 하는지 아느냐.
너의 님은 너 때문에 가슴에서 타오르는 불꽃에
온갖 종교, 철학, 명예, 재산, 그 외에도 있으면 있는
대로 태워 버리는 줄을 너는 모르리라.

너는 꽃에 붉은 것이 너냐.
니는 잎에 푸른 것이 너냐.
너는 단풍에 취한 것이 너냐.
너는 백설에 깨인 것이 너냐.

나는 너의 침묵을 잘 안다.
너는 철모로는 아이들에게 종작없는 찬미를 받으면
서 이쁜 웃음을 참고 고요히 있는 줄을 나는 잘 안다.

그러나 너는 천당이나 지옥이나 하나만 가지고 있
으려무나.

꿈 없는 잠처럼 깨끗하고 단순하란 말이다.

나도 짧은 갈고리로 강 건너의 꽃을 꺾는다고 큰 말하는 미친 사람은 아니다. 그래서 침착하고 단순하려고 한다.

나는 너의 입김에 불려오는 조각구름에 키스 한다.

만이천봉(萬二千峰)! 무양(無恙) 하냐 금강산아.

너는 너의 님이 어디서 무엇을 하는지 모르지.

자유정조(自由貞操)

　내가 당신을 기다리고 있는 것은 기다리고자 하는 것이 아니라, 기다려지는 것입니다.

　말하자면 당신을 기다리는 것은 정조보다도 사랑입니다.

　남들은 나더러 시대에 뒤진 낡은 여성이라고 삐죽거립니다. 구구한 정조를 지킨다고.

　그러나 나는 시대성을 이해하지 못하는 것도 아닙니다.

　인생과 정조의 심각한 비판을 하여 보기도 한두 번이 아닙니다.

　자유연애의 신성(神聖)(?)을 덮어놓고 부정하는 것도 아닙니다.

　대자연을 따라서 초연생활(超然生活)을 할 생각도 하여 보았습니다.

　그러나 구경(究竟), 만사가 다 저의 좋아하는 대로 말한 것이오, 행한 것입니다.

나는 님을 기다리면서 괴로움을 먹고 살이 찝니다.

어려움을 입고 키가 큽니다.

　나의 정조는 '자유정조'입니다.

이 시의 주제는 사랑하는 임에 대한 곧은 정절이다. 남들은 모두들 입을 모아 빈정거리지만, 그래도 사랑하는 임에 대한 정절은 끝까지 지키겠다는 시인의 곧은 절개가 시의 차원을 한 단계 높여주고 있다. 여기에서 시인의 곧은 정절은 누가 강요해서가 아니라 시인 자신이 스스로 원해서 지키는 정절이다. 말하자면 자유정조인 셈이다. 이 시에서의 임은 다름 아닌 '조국'이다.

'?'

　희미한 졸음이 활발한 님의 발자취 소리에 놀라 깨
어 무거운 눈썹을 이기지 못하면서 창을 열고 내다보
았읍니다.
　동풍에 몰리는 소낙비는 산모롱이를 지나가고, 뜰
앞의 파초잎 위에 빗소리의 남은 음파가 그네를 뜁
니다.
　감정(感情)과 이지(理智)가 마주치는 찰나에 인면(人
面)의 악마와 수심(獸心)의 천사가 보이려다 사라집
니다.

　흔들어 빼는 님의 노랫가락에, 첫 잠든 어린 잔나비
의 애처로운 꿈이 꽃 떨어지는 소리에 깨었읍니다.
　죽은 밤을 지키는 외로운 등잔불의 구슬꽃이 제 무
게를 이기지 못하여 고요히 떨어집니다.
　미친 불에 타오르는 불쌍한 영(靈)은 절망의 북극
에서 신세계를 탐험합니다.

사막의 꽃이여 그믐밤의 만월(滿月)이여 님의 얼굴이여.

피려는 장미화는 아니라도 갈지 않은 백옥인 순결한 나의 입술은, 미소에 목욕감는 그 입술에 채 닿지 못하였습니다.

움직이지 않는 달빛에 눌리운 창에는 저의 털을 가다듬는 고양이의 그림자가 오르락내리락 합니다.

아아, 불(佛)이냐 마(魔)냐 인생이 티끌이냐 꿈이 황금이냐.

작은 새여, 바람에 흔들리는 약한 가지에서 잠자는 작은 새여.

쥐

나는 아무리 좋은 뜻으로 너를 말하여도

너는 작고 방정맞고 얄미운 쥐라고 밖에 할 수가 없다.

너는 사람의 결혼의상과 연회복을 낱낱이 쪼아 놓았다.

너는 쌀궤와 팥먹사리를 다 쪼고 물어 내었다.

그 외에 모든 기구를 다 쪼아 놓았다.

나는 쥐덫을 만들고 고양이를 길러서 너를 잡겠다.

이 작고 방정맞고 얄미운 쥐야.

그렇다. 나는 작고 방정맞고 얄미운 쥐다.

나는 너희가 만든 쥐덫과 너희가 기른 고양이에게 잡힐 줄을 안다.

만일 내가 너희 의장과 창고를 통거리채 빼앗고

또 너희 집과 너희 나라를 빼앗으면

너희는 허리를 굽혀서 절하고 나의 공덕을 찬미할 것이다.

그리고 너희들의 역사에 나의 이 뜻을 크게 쓸 것
이다.

그러나 나는 그러한 큰 죄를 지을 만한 힘이 없다.

다만 너희들의 먹고 입고 쓰고 남은 것을 조금씩 얻
어 먹는다.

그래서 너희는 나를 작고 방정맞고 얄미운 쥐라고
하며

쥐덫을 만들고 고양이를 길러서 나를 잡으려 한다.

나는 그것이 너희들의 철학이요 도덕인 줄 안다.

그러나 쥐덫이 나의 덜미에 벼락을 치고 고양이 발톱
이 나의 옆구리에 샘을 팔 때까지.

나는 먹고 마시고 뛰고 놀겠다.

이 크고 점잖고 귀염성 있는 사람아.

빼앗긴 나라에 대한 울분을 터뜨린 시라고 할 수 있다. 여기에서의 쥐는 다름 아닌 일본을 의미한다고 할 수 있다. 우리나라를 비겁하게 빼앗은 일제에 대한 우리 민족의 항거를 정당화하고 찬미하는 민족시라고 할 수 있다. '나는 그러한 큰 죄를 지을 만한 힘이 없다.'라고 통한의 눈물을 흘리는 시인의 슬픔, 그것은 바로 우리 민족의 공통된 아픔이요 실로 우리 역사의 어두운 한 페이지이다.

해당화(海棠花)

당신은 해당화 피기 전에 오신다고 하였읍니다.

봄은 벌써 늦었읍니다.

봄이 오기 전에는 어서 오기를 바랐더니 봄이 오고 보니 너무 일찍 왔나 두려워합니다.

철모르는 아이들은 뒷동산에 해당화가 피었다고 다투어 말하기로 듣고도 못 들은 체 하였더니

야속한 봄바람은 나는 꽃을 불어서 경대 위에 놓입니다그려.

시름없이 꽃을 주워서 입술에 대고 '너는 언제 피었니'하고 물었읍니다.

꽃은 말도 없이 나의 눈물에 비쳐서 둘도 되고 셋도 됩니다.

조국 광복을 기원하는 시인의 마음이 애절하게 표출된 작품이다. 겨울이 지나고 봄이 왔어도 조국의 광복은 오지 않고 있는 암울한 현실을 시인은 슬퍼하고 있다.

사랑의 존재

사랑을 '사랑'이라고 하면 벌써 사랑은 아닙니다.

사랑을 이름 지을 만한 말이나 글이 어디 있읍니까.

미소에 눌려서 괴로운 듯한 장밋빛 입술인들 그것을 스칠 수가 있읍니까.

눈물의 뒤에 숨어서 슬픔의 흑암면(黑闇面)을 반사하는 가을 물결의 눈인들 그것을 비출 수가 있읍니까.

그림자 없는 구름을 거쳐서 메아리 없는 절벽을 거쳐서 마음이 갈 수 없는 바다를 거쳐서 존재? 존재입니다.

그 나라는 국경이 없읍니다. 수명(壽命)은 시간이 아닙니다.

사랑의 존재는 님의 눈과 님의 마음도 알지 못합니다.

사랑의 비밀은 다만 님의 수건에 수(繡) 놓는 바늘과 님의 심으신 꽃나무와 님의 잠과 시인의 상상과 그들만이 압니다.

가장 지극한 것은 결코 말이나 글로써 나타낼 수 없는 것이다. 사람이 지극히 슬플 때, '아, 슬프다'라고 말한다면 그는 이미 슬픔을 잊은 것이다. 사람이 지극히 기쁠 때, '아, 정말 기쁘다'라고 말한다면 그의 기쁨은 이미 이 세상에 존재하지 않는다. 지극한 기쁨이나 지극한 슬픔을 만나면 어떠한 표현도 할 수 없는 감정의 무풍지대가 되고 만다. 시인은 이 시를 통하여 그러한 감정의 흐름을 논하고 있는 것이다.

차라리

님이여, 오셔요, 오시지 아니하려면 차라리 가셔요. 가려다 오고 오려다 가는 것은 나에게 목숨을 빼앗고 죽음도 주지 않는 것입니다.

님이여, 나를 책망하려거든 차라리 큰 소리로 말씀하여 주셔요. 침묵으로 책망하지 말고, 침묵으로 책망하는 것은 아픈 마음을 얼음 바늘로 찌르는 것입니다.

님이여, 나를 아니 보려거든 차라리 눈을 돌려서 감으셔요, 흐르는 곁눈으로 흘겨보지 마셔요. 곁눈으로 흘겨보는 것은 사랑의 보(褓)에 가시의 선물을 싸서 주는 것입니다.

빼앗긴 조국에 대한 아픔은 시인으로 하여금 통한의 눈물을 흘리게 한다. 되찾을 듯 되찾을 듯 싶으면서도 되찾아지지 않는 조국의 광복, 다가올 듯 다가올 듯하면서도 다가오지 않는 조국 해방의 날, 그 길고 긴 어둠의 세월 속에서 우리 민족은 온갖 수모를 다 겪으며 암울한 나날을 지내어 왔던 것이다. 이에 대한 울분이 시인으로 하여금 이러한 민족시를 쓰지 않을 수 없게 만들었던 것 같다.

진주(眞珠)

　언제인지 내가 바닷가에 가서 조개를 주웠지요. 당신은 나의 치마를 걷어 주셨어요, 진흙 묻는다고.

　집에 와서는 나를 어린아기 같다고 하셨지요, 조개를 주워다가 장난한다고. 그리고 나가시더니 금강석을 사다 주셨습니다. 당신이.

　나는 그때에 조개 속에서 진주를 얻어서 당신의 작은 주머니에 넣어 드렸읍니다.

　당신이 어디 그 진주를 가지고 계셔요. 잠시라도 왜 남을 빌려 주셔요.

어린 시절의 추억을 기억해내면서 사랑하는 임을 그리워하고 있는 시인의 간절한 정한이 시로써 승화되고 있는 작품이다. 이 시의 주제는 '사랑하는 임에 대한 그리움'이다.

착인(錯認)

내려오셔요, 나의 마음이 자릿자릿하여요, 곧 내려
오셔요.
사랑하는 님이여, 어찌 그렇게 높고 가는 나뭇가지
위에서 춤을 추셔요.
두 손으로 나뭇가지를 단단히 붙들고 고이고이 내려
오셔요.
에그 저 나뭇잎새가 연꽃 봉오리 같은 입술을 스치
겠네, 어서 내려 오셔요.

'네네 내려가고 싶은 마음이 잠자거나 죽은 것은 아
닙니다마는 나는 아시는 바와 같이 여러 사람의 님인
때문이어요. 향기로운 부르심을 거스르고자 하는 것
은 아닙니다.'고 버들가지에 걸린 반달은 해쭉해쭉 웃
으면서 이렇게 말하는 듯하였습니다.
나는 적은 풀잎만큼도 가림이 없는 발가벗은 부끄럼
을 두 손으로 움켜쥐고 빠른 걸음으로 잠자리에 들어
가서 눈을 감고 누웠습니다.

내려오지 않겠다던 반달이 사뿐사뿐 걸어와서 창밖
에 숨어서 나의 눈을 엿봅니다.
부끄럽던 마음이 갑자기 무서워서 떨려집니다.

고난에 처한 조국의 현실을 노래한 시이다. 사랑하는 임은 다름
아닌 조국이다. 남의 손에 넘어가 버린 조국의 현실은 말할 수
없는 위기감과 안타까움을 동시에 제공해준다. 그리하여 시인
은 잃어버린 임(조국) 생각에 잠 못 이루며 안타까워하고 있는
것이다. 조국을 빼앗긴 수치심과 두려움이 시의 전편에 흐르고
있다.

모순(矛盾)

좋은 달은 이울기 쉽고
아름다운 꽃은 풍우가 많다
그것을 모순이라 하는가.

어진 이는 만월(滿月)을 경계하고
시인은 낙화(落花)를 찬미하나니
그것은 모순의 모순이다.

모순이 모순이라면
모순의 모순은 비모순이다
모순이냐 비모순이냐.
모순은 존재가 아니고 주관적이다

모순의 속에서 비모순을 찾는 가련한 인생.
모순은 사람을 모순이라 하느니 아는가.

시인은 지금 삶의 지극한 회한에 젖어 있다. 옛부터 호사다마라는 말이 있듯이 인간사엔 언제나 기쁨과 슬픔이 공존한다. 시인은 지금 이러한 우주적인 차원의 강한 회한에 잠겨 있다. 그리하여 자기 자신이 처해있는 현실(조국의 암울한 현실과도 상통한다)에 대해 자조적인 미소를 보내고 있는 것이다.

비방(誹謗)

세상은 비방도 많고 시기도 많습니다.

당신에게 비방과 시기가 있을지라도 관심치 마셔요.

비방을 좋아하는 사람들은 태양에 흑점이 있는 것도 다행으로 생각합니다.

당신에게 대하여는 비방할 것이 없는 그것을 비방할는지 모르겠습니다.

조는 사자를 죽은 양이라고 할지언정, 당신이 시련을 받기 위하여 도적에게 포로가 되었다고 그것을 비겁이라고 할 수는 없습니다.

달빛을 갈꽃으로 알고 흰 모래 위에서 갈매기를 이웃하여 잠자는 기러기를 음란하다고 할지언정 정직한 당신이 교활한 유혹에 속아서 청루(靑樓)에 들어갔다고, 당신을 지조가 없다고 할 수는 없습니다.

당신에게 비방과 시기가 있을지라도 관심치 마셔요

빼앗긴 조국에 대한 슬픔과 무기력할 수밖에 없었던 우리 민족에 대한 격려, 그리고 자기 자신에 대한 분노가 이 시의 전편에는 진하게 흐르고 있다.

꿈과 근심

밤 근심이 하 길기에
꿈도 길 줄 알았더니
님을 보러 가는 길에
반도 못 가서 깨었구나

새벽꿈이 하 짧기에
근심도 짧을 줄 알았더니
근심에서 근심으로
끝 간 데를 모르겠다.

만일 님에게도
꿈과 근심이 있거든
차라리
근심이 꿈 되고 꿈이 근심되어라.

이 시 역시 조국을 잃은 우리 민족의 비극을 노래한 작품이다. 빼앗긴 나라에 대한 아픔과 조국의 광복을 기다리는 애절한 마음이 시의 전편에 흐르고 있다. 이 시에서의 '님'은 바로 우리 '민족' 또는 '조국'을 상징한다고 볼 수 있다.

산골 물

산골 물아
어디서 나서 어디로 가는가.
무슨 일로 그리 쉬지 않고 가는가.
가면 다시 오려는가 아니 오려는가.

물은 아무 말이 없이
수없이 얼크러진 등댕담이 칡덩쿨 속으로
작은 돌은 넘어가고
큰 돌은 돌아가면서
쫄쫄꼴꼴 쇳소리가
양안청산(兩岸靑山)에 반향(反響) 한다.
그러면
산에서 나서 바다에 이르는 성공의 비결이
이렇다는 말인가.
물이야 무슨 마음이 있으랴마는
세간의 열패자(劣敗者)인 나는
이렇게 설법을 듣노라

자연이 인간에게 주는 엄숙한 교훈을 노래한 시이다. 인간의 행복과 영광은 그저 다가오는 것이 아니다. 고통의 세월 뒤에 반짝이는 별처럼 다가오는 것이다. 시인은 이 노래를 통하여, 우리 민족이 영광스러운 조국 광복을 쟁취하기 위해서는 어떠한 고난과 역경도 이겨내야 한다는 것을 암시적으로 나타내고 있는 것이다.

의심하지 마셔요

의심하지 마셔요. 당신과 떨어져 있는 나에게 조금
도 의심을 두지 마셔요.

의심을 둔대야 나에게는 별로 관계가 없으나 부질없
이 당신에게 고통의 숫자만 더할 뿐입니다.

나는 당신의 첫사랑의 팔에 안길 때에 온갖 거짓의
옷을 다 벗고 세상에 나온 그대로의 발가벗은 몸을 당
신의 앞에 놓였습니다. 지금까지도 당신의 앞에는 그
때에 놓아둔 몸을 그대로 받들고 있습니다.

만일 인위(人爲)가 있다면 '어찌하여야 처음 마음을
변치 않고 끝끝내 거짓없는 몸을 님에게 바칠고' 하는
마음뿐입니다.

당신의 명령이라면 생명의 옷까지도 벗겠습니다.

나에게 죄가 있다면 당신을 그리워하는 나의 '슬픔'
입니다.

당신이 가실 때에 나의 입술에 수가 없이 입 맞추고

'부디 나에게 대하여 슬퍼하지 말고 잘 있으라.'고 한
당신의 간절한 부탁에 위반되는 까닭입니다.

　그러나 그것만은 용서하여 주셔요.
　당신을 그리워하는 슬픔은 곧 나의 생명인 까닭입
니다.
　만일 용서하지 아니하면 후일에 그에 대한 벌(罰)을
풍우(風雨)의 봄 새벽의 낙화의 수(數)만치라도 받겠읍
니다.
　당신의 사랑의 동아줄에 휘감기는 체형(體刑)도 사양
치 않겠읍니다.
　당신의 사랑의 혹법(酷法) 아래에 일만가지로 복종하
는 자유형(自由刑)도 받겠읍니다.

　그러나 당신이 나에게 의심을 두시면 당신의 의심의
허물과 나의 슬픔의 죄를 맞비기고 말겠읍니다.
　당신에게 떨어져 있는 나에게 의심을 두지 마셔요.

부질없이 당신에게 고통의 숫자를 더하지 마셔요.

조국과 민족을 사랑하는 시인의 간절한 소망이 시의 이미지를
한결 강하게 해주고 있는 작품이다. 그 어느 누가 무어라 해도
오직 사랑하는 임(조국과 민족)을 위해서만 삶의 모든 것을 다
바치겠노라고 다짐하는 애국충정의 한이 이 노래의 전편을 끈
끈하게 적시고 있다.

당신은

당신은 나를 보면 왜 늘 웃기만 하셔요, 당신의 찡그리는 얼굴을 좀 보고 싶은데.

나는 당신을 보고 찡그리기는 싫어요, 당신은 찡그리는 얼굴을 보기 싫어하실 줄을 압니다.

그러나 떨어지는 도화가 날아서 당신의 입술을 스칠 때에 나는 이마가 찡그려지는 줄도 모르고 울고 싶었읍니다.

그래서 금실로 수 놓은 수건으로 얼굴을 가렸읍니다.

너무나도 사랑하기 때문에 오히려 거짓을 나타내지 않으면 안되는 경험을 우리는 갖고 있다. 사랑하는 사람을 위해서, 사랑하는 사람의 마음을 상하지 않게 하기 위해서, 사랑하는 사람들은 곧잘 마음의 변화를 숨기는 경우가 많다. 시인도 마찬가지로 그러한 감정의 상태를 노래하고 있다.

나의 노래

　나의 노랫가락의 고저장단은 대중이 없습니다.

　그래서 세속의 노래 곡조와는 조금도 맞지 않습니다.

　그러나 나는 나의 노래가 세속 곡조에 맞지 않는 것을 조금도 애달파하지 않습니다.

　나의 노래는 세속의 노래와 다르지 아니하면 아니 되는 까닭입니다.

　곡조는 노래의 결함을 억지로 조절하려는 것입니다.

　곡조는 부자연한 노래를 사람의 망상(妄想)으로 도막쳐 놓는 것입니다.

　참된 노래에 곡조를 붙이는 것은 노래의 자연에 치욕입니다.

　님의 얼굴에 단장을 하는 것이 도리어 흠이 되는 것과 같이 나의 노래에 곡조를 붙이면 도리어 결점이 됩니다.

　나의 노래는 사랑의 신(神)을 울립니다.

나의 노래는 처녀의 청춘을 쥐어짜서 보기도 어려운 맑은 물을 만듭니다.

　　나의 노래는 님의 귀에 들어가서는 천국의 음악이 되고 님의 꿈에 들어가서는 눈물이 됩니다.

　　나의 노래가 산과 들을 지나서 멀리 계신 님에게 들리는 줄을 나는 압니다.

　　나의 노랫가락이 바르르 떨다가 소리를 지르지 못할 때에 나의 노래가 님의 눈물겨운 고요한 환상으로 들어가서 사라지는 것을 나는 분명히 압니다.

　　나는 나의 노래가 님에게 들리는 것을 생각할 때에 광영(光榮)에 넘치는 나의 작은 가슴은 발발발 떨면서 침묵의 음보(音譜)를 그립니다.

시인의 노래는 조국에 대한 장엄한 외침이다. 그것은 곧 조국을 사모하는 우리 민족의 끊임없는 사랑의 노래이다. 마음과 마음으로 이어지는 이 지극한 애모의 노래에 그 어떤 가락과 곡조가 필요할 것인가. 시인의 노래 그 자체로서 이미 완벽한 사랑의 하모니는 이루어지는 것이다. 조국을 사랑하는 시인의 간절한 소망이 이 시의 주제를 이루고 있다고 보아야 할 것이다.

당신이 아니더면

당신이 아니더면 포시럽고 매끄럽던 얼굴에 왜 주름 살이 접혀요.

당신이 기룹지만 않다면 언제까지라도 나는 늙지 아니할 테여요.

맨 첨에 당신에게 안기던 그때대로 있을 테여요.

그러나 늙고 병들고 죽기까지라도 당신 때문이라면 나는 싫지 안하여요.

나에게 생명을 주든지 죽음을 주든지 당신의 뜻대로 만 하셔요.

나는 곧 당신이어요.

빼앗긴 조국에 대한 아픔이 아니던들 삶은 한결 아름답게 이어졌을지도 모른다. 그러나 암울한 조국의 현실 때문에 우리 민족의 지도자들은 한결같이 고통의 나날을 보내지 않으면 안 되었다. 조국의 암울한 현실 속에 묻혀서 우리 민족의 지도자들은 실로 고난의 세월을 감수하지 않으면 안 되었던 것이다.

밤은 고요하고

밤은 고요하고 방은 물로 시친 듯합니다.

이불은 갠 채로 옆에 놓아두고 화로불을 다듬거리고 앉았읍니다.

밤은 얼마나 되었는지, 화로불은 꺼져서 찬 재가 되었읍니다.

그러나 그를 사랑하는 나의 마음은 오히려 식지 아니하였읍니다.

닭의 소리가 채 나기 전에 그를 만나서 무슨 말을 하였는데, 꿈조차 분명치 않습니다그려.

사랑하는 임에 대한 끝없는 애모의 정을 노래한 작품이다. 화로불은 꺼져서 찬 재가 되었지만, 임을 사랑하는 마음은 더욱더 뜨거워지고 있다는 시인의 불타는 마음이 적나라하게 표출되고 있다.

그를 보내며

그는 간다. 그가 가고 싶어서 가는 것도 아니오, 내가 보내고 싶어서 보내는 것도 아니지만 그는 간다.

그의 붉은 입술, 흰 이, 가는 눈썹이 어여쁜 줄만 알았더니 구름 같은 뒷머리 실버들 같은 허리 구슬 같은 발꿈치가 보다 더 아름답습니다.

걸음이 걸음보다 멀어지더니 보이려다 말고 말려다 보인다.

사람이 멀어질수록 마음은 가까와지고 마음이 가까와질수록 사람은 멀어진다.

보이는 듯한 것이 그의 흔드는 수건인가 하였더니 갈매기보다도 작은 조각구름이 난다.

이 시에서의 '그'는 다름 아닌 '조국(민족의 행복)'을 뜻한다고 볼 수 있다. 억지로 나라를 빼앗기게 된 우리 민족의 불행을 토로하고, 막연하게나마 그리운 임(조국과 민족의 행복)을 기다리는 애절한 마음을 노래하고 있다.

슬픔의 삼매(三昧)

하늘의 푸른빛과 같이 깨끗한 죽음은 군동(群動)을 정화(淨化)합니다.

허무의 빛인 고요한 밤은 대지에 군림하였읍니다.

힘없는 촛불 아래에 사리뜨리고 외로이 누워 있는 오오 님이여.

눈물의 바다에 꽃배를 띄웠읍니다.

꽃배는 님을 싣고 소리도 없이 가라앉았읍니다.

나는 슬픔의 삼매에 '아공(我空)'이 되었읍니다.

꽃향기의 무르녹은 안개에 취하여 청춘의 광야에 비틀걸음치는 미인이여.

죽음을 기러기 털보다도 가벼웁게 여기고, 가슴에서 타오르는 불꽃을 얼음처럼 마시는 사랑의 광인(狂人)이여.

아아 사랑에 병들어 자기의 사랑에게 자살을 권고하는 사랑의 실패자여.

그대는 만족한 사랑을 얻기 위하여 나의 팔에 안

겨요.

나의 팔은 그대의 사랑의 분신인 줄을 그대는 왜 모르셔요.

이 시 역시 사랑하는 임에 대한 슬픔과 그리움을 노래한 작품이다. '허무의 빛'과 '눈물의 바다', '비틀걸음', '얼음' 등의 낱말이 주는 이미지와 '고요한 대지', '꽃배', '꽃향기', '불꽃'. '만족한 사랑' 등의 낱말이 주는 이미지가 상당한 대조를 이룬다.

길이 막혀

당신의 얼굴은 달도 아니건만
산 넘고 물 넘어 나의 마음을 비칩니다.

나의 손길은 왜 그리 짧아서
눈앞에 보이는 당신의 가슴을 못 만지나요.

당신이 오기로 못 올 것이 무엇이며
내가 가기로 못 갈 것이 없지마는
산에는 사다리가 없고
물에는 배가 없어요.
뉘라서 사다리를 떼고 배를 깨뜨렸읍니까.
나는 보석으로 사다리 놓고 진주로 배 모아요.
오시려도 길이 막혀서 못 오시는 당신이 기루어요.

해방된 조국의 품안에서 마음껏 살고 싶은 시인의 마음은 실로
간절한 소망이건만, 현실은 그렇게 되어주질 않는다. 어떻게든
해볼 도리가 없는 암담한 현실에 대한 정한을 노래한 작품이라
할 수 있다.

잠 없는 꿈

나는 어느 날 밤에 잠 없는 꿈을 꾸었읍니다.

'나의 님은 어디 있어요. 나는 님을 보러가겠읍니다. 님에게 가는 길을 가져다가 나에게 주서요. 검이여'

'너의 가려는 길은 너의 님이 오려는 길이다. 그 길을 가져다 너에게 주면 너의 님은 올 수가 없다'

'내가 가기만 하면, 님은 아니 와도 관계가 없읍니다.'

'너의 님의 오려는 길을 너에게 갖다주면, 너의 님은 다른 길로 오게 된다. 네가 간대도 너의 님을 민날 수가 없다.'

'그러면 그 길을 가져다가 나의 님에게 주서요.'

'너의 님에게 주는 것이 너에게 주는 것과 같다. 사람마다 저의 길이 각각 있는 것이다'

'그러면 어찌하여야 이별한 님을 만나 보겠읍니까.'

'네가 너를 가져다가 너의 가려는 길에 주어라. 그리하고 쉬지 말고 가거라.'

'그리 할 마음은 있지마는 그 길에는 고개도 많고

물도 많습니다. 갈 수가 없읍니다.'

  검은 '그러면 너의 님을 너의 가슴에 안겨 주마'하
고 나의 님을 나에게 안겨 주었읍니다.

  나는 나의 님을 힘껏 껴안았읍니다.
  나의 팔이 나의 가슴을 아프도록 다칠 때에 나의 두 팔
에 베어진 허공은 나의 팔을 뒤에 두고 이어졌읍니다.

이 시 역시 사랑하는 임에 대한 그리움과 기다림을 주제로 하고
있다.

꿈 깨고서

님이면은 나를 사랑하련마는 밤마다 문 밖에 와서
발자취 소리만 내이고 한 번도 들어오지 아니하고
도로 가니 그것이 사랑인가요.
그러나 나는 발자취나마 님의 문밖에 가 본 적이
없읍니다.
아마 사랑은 님에게만 있나 봐요.

아아, 발자취 소리가 아니더면 꿈이나 아니 깨었
으련마는 꿈은 님을 찾아가려고 구름을 탔었어요.

사랑하는 임에 대한 끝없는 '그리움과 기다림'을 주제로 하고 있
는 시이다. 날이면 날마다 밤이면 밤마다, 시인은 사랑하는 임(조
국과 민족)을 잊지 못해 몸부림치고 있다. '꿈은 님을 찾아가려고
구름을 탔었어요'라는 마무리가 매우 강한 여운을 남겨 주는 작
품이기도 하다.

하나가 되어 주셔요

님이여, 나의 마음을 가져가려거든 마음을 가진 나까지 가져 가셔요. 그리하여 나로 하여금 님까지 하나가 되게 하셔요.

그렇지 아니하거든 나에게 고통만을 주지 마시고 님의 마음을 다 주셔요. 그리고 마음을 가진 님까지 나에게 주셔요. 그래서 님으로 하여금 나에게서 하나가 되게 하셔요.

그렇지 아니하거든 나의 마음을 돌려보내 주셔요. 그리고 나에게 고통을 주셔요.

그러면 나는 나의 마음을 가지고 님이 주시는 고통을 사랑하겠읍니다.

193
•

어찌할 수 없는 암울한 현실에 대한 울분과 그리운 임에 대한 정한이 시의 전편을 적시고 있다. 사랑하는 임을 위해서라면 어떠한 고통도 달게 받아들이겠다는 굳은 의지가 표출되고 있는 작품이기도 하다.

선사(禪師)의 설법(說法)

　나는 선사의 설법을 들었읍니다.

　'너는 사랑의 쇠사슬에 묶여서 고통을 받지 말고, 사랑의 줄을 끊어라. 그러면 너의 마음이 즐거우리라'고 선사는 큰 소리로 말하였읍니다.

　그 선사는 어지간히 어리석습니다.

　사랑의 줄에 묶이운 것이 아프기는 아프지만, 사랑의 줄을 끊으면 죽는 것보다도 더 아픈 줄을 모르는 말입니다.

　사랑의 속박은 단단히 얽어매는 것이 풀어주는 것입니다.

　그러므로 대해탈(大解脫)은 속박에서 얻는 것입니다.

　님이여, 나를 얽은 님의 사랑의 줄이 약할까봐서, 나의 님을 사랑하는 줄을 곱들였읍니다.

세속의 연을 끊으면 참 행복을 얻을 수 있다고 선사는 말한다.
그러나 시인은 차마 사랑하는 임과의 관계를 끊을 수가 없다. 그
사랑하는 임이란 다름 아닌 '조국과 민족'이기 때문이다. 그래서
시인은 그 사랑의 줄이 끊어지지 않게 하기 위해서 더욱 몸부림
치고 있는 것이다. 그 어떤 즐거움보다도 더 사랑하는 임을 위하
여…

가지 마셔요

　그것은 어머니의 가슴에 머리를 숙이고, 아기자기
한 사랑을 받으려고 삐쭉거리는 입술로 표정하는
어여쁜 아기를 싸안으려는 사랑의 날개가 아니라
적(敵)의 깃발입니다.
　그것의 자비의 백호광명(白毫光明)이 아니라 번득
거리는 악마의 눈빛입니다.
　그것은 면류관(冕旒冠)과 황금의 누리와 죽음과를
본 체도 아니하고 몸과 마음을 돌돌 뭉쳐서 사랑의
바다에 풍덩 넣으려는 사랑의 여신이 아니라, 칼의
웃음입니다.
　아아 님이여, 위안(慰安)에 목마른 나의 님이여. 걸
음을 돌리셔요, 거기를 가지 마셔요. 나는 싫어요.
　대지(大地)의 음악은 무궁화 그늘에 잠들었읍니다.
　광명의 꿈은 검은 바다에서 자맥질합니다.
　무서운 침묵은 만상(萬象)의 속살거림에 서슬이 푸
른 교훈을 내리고 있읍니다.
　아아 님이여, 이 새 생명의 꽃에 취하려는 나의 님

이여, 걸음을 돌리셔요.거기를 가지 마셔요. 나는 싫
어요.

거룩한 천사의 세례를 받은 순결한 청춘을 똑 따
서 그 속에 자기의 생명을 넣어 그것을 사랑의 제단
(祭壇)에 제물(祭物)로 드리는 어여쁜 처녀가 어디 있
어요.
달콤하고 맑은 향기를 꿀벌에게 주고 다른 꿀벌에
게 주지 않는 이상한 백합꽃이 어디 있어요.
자신의 전체를 죽음의 청산(靑山)에 장사지내고 흐
르는 빛으로 밤을 두 조각에 베이는 반딧불이 어디
있어요.
아아 님이여, 정(情)에 순사(殉死)하려는 나의 님이여.
걸음을 돌리셔요, 거기에 가지 마셔요, 나는 싫어요.

그 나라에는 허공이 없읍니다.
그 나라에는 그림자 없는 사람들이 전쟁을 하고 있읍

니다.

　그 나라에는 우주 만상의 모든 생명의 첫대를 가지고 척도(尺度)를 초월한 삼엄한 궤율(軌律)로 진행하는 위대한 시간이 정지되었읍니다.

　아아 님이여, 죽음을 방향(芳香)이라고 하는 나의 님이여, 걸음을 돌리셔요, 거기를 가지 마셔요, 나는 싫어요.

일제치하의 암울한 조국 현실을 적나라하게 드러낸 작품이라 할 수 있다. 갖은 위선과 기만으로 우리 민족을 못살게 굴었던 일제 무리들에 대항해서 순교의 정신으로 항거했던 많은 애국지사들, 그들을 위한 사랑의 노래로 시인은 죽음을 찬미하고 의로운 삶을 강조하곤 하였다. 이 작품 역시 조국에 대한 진한 애모의 정이 어린 작품이다.

이별은 미(美)의 창조

이별은 미의 창조입니다.

이별의 미는 아침의 바탕(質) 없는 황금과 밤의 올
(糸) 없는 검은 비단과 죽음없는 영원의 생명과 시들
지 않는 하늘의 푸른 꽃에도 없읍니다.

님이여, 이별이 아니면 나는 눈물에서 죽었다가 웃
음에서 다시 살아날 수가 없읍니다. 오오, 이별이여.

미는 이별의 창조입니다.

만나고 헤어짐에 대한 슬픔과 기쁨은 인생에 있어서 그리 어렵지
않게 경험할 수가 있다. 시인은 이 시를 통하여 아름다운 이별을
강조하고 있다. 이별은 슬픈 것이지만, 그러나 이별이 아름다운
미학을 지닐 수 있다는 것은 바로 이별 뒤에는 끊어지지 않는 미
련의 줄이라는 게 있기 때문이다. 떠나간 임에 대한 간절한 애모
의 정한이야 말로 참으로 아름다운 미학이라고 할 수 있는 것이
다.

3부

이육사

본명의 원록(源綠) 또는 원삼(源三)이며 육사(陸史)는 호. 1904년 4월 4일
(음력)에 경북 안동에서 태어나 1944년 1월 16일(양력) 북경 감옥에서 옥사
했다. 평소 성격이 강직하고 타협할 줄 모르는 지조를 끝까지 지켜, 평생 조
국광복 운동으로 정처(定處)와 안일(安逸)이 없었다. 국내외 대소 사건이 있
을 때마다 검속(檢束) 투옥되기 무릇 17회, 대구, 서울, 북경의 왜옥(倭獄)을
드나들었고, 그의 작품세계 역시 이러한 절박한 조국의 미래에 대한 신념이
높은 차원으로 상징화 되어 표현되고 있다.

광야(曠野)

까마득한 날에
하늘이 처음 열리고
어데 닭 우는 소리 들렸으랴.

모든 산맥들이
바다를 연모해 휘달릴 때도
차마 이 곳을 범하던 못하였으리라.

끊임 없는 광음을
부지런한 계절이 피어선 지고
큰 강물이 비로소 길을 열었다.

지금 눈 내리고
매화향기 홀로 아득하니
내 여기 가난한 노래의 씨를 뿌려라.

다시 천고(千古)의 뒤에

백마(白馬) 타고 오는 초인(超人)이 있어
이 광야에서 목놓아 부르게 하리라.

'청포도'와 더불어 육사의 대표적인 작품이라고 할 수 있는 시이
다. 호방하고 대륙적이며, 상당한 품격을 지닌 애국시이다. 황폐
해져버린 조국(광야)에 서서 잃어버린 자유(주권)을 목메어 부르
는 시인의 기다림은 우리 민족의 간절한 꿈이다.

청포도(青葡萄)

내 고장 칠월은
청포도가 익어가는 시절

이 마을 전설이 주절이주절이 열리고
먼 데 하늘이 꿈꾸며 알알이 들어와 박혀

하늘 밑 푸른 바다가 가슴을 열고
흰 돛단배가 곱게 밀려서 오면

내가 바라는 손님은 고달픈 몸으로
청포(青袍)를 입고 찾아온다고 했으니

내 그를 맞아 이 포도를 따먹으면
두 손을 함뿍 적셔도 좋으련

아이야 우리 식탁엔 은쟁반에
하이얀 모시 수건을 마련해 두렴

육사의 대표작이라고 할 수 있는 시이다. 새로운 세계에 대한 동경과 기다림, 그리고 민족의 해방과 조국 광복에 대한 끝없는 염원이 이 시의 주제를 이루고 있다. 조국의 광복을 기다리는 시인의 간절한 민족의식이 상징적인 기법으로 다루어지고 있는 작품이다. 이 시에서의 '내 고장'은 다름 아닌 우리 조국 강산을 의미하며, '손님'은 '조국의 광복'을 상징한다고 볼 수 있다. 아름다운 언어에 고운 율조가 잘 어울리는 수작이다.

독백(獨白)

운모(雲母)처럼 희고 찬 얼굴
그냥 주검에 물든 줄 아나
내 지금 달 아래 서서 있네

높대보다 높다란 어깨
얇은 구름쪽 거미줄 가려
파도나 바람을 귀 밑에 듣네

갈매긴 양 떠도는 심사
어데 하난들 끝간 델 아리
으릇한 사념(思念)을 깃폭에 흘리네

선창(船窓)마다 푸른 막 치고
촛불 향수에 찌르르 타면
운하(運河)는 밤마다 무지개 지네

박쥐 같은 날개나 펴면

아주 흐린날 그림자 속에
떠서는 날잖는 사복이 됨세

닭소리나 들리면 가랴
안개 뽀얗게 내리는 새벽
그곳을 가만히 나려서 감세.

객향에 든 나그네의 외로운 심사를 노래한 작품이다. 외로운 선
창가에 홀로서서 고향을 그리워하는 시인의 고독감이 시의 전편
에 흐르고 있다.

바다의 마음

물새 발톱은 바다를 할퀴고
바다는 바람에 입김을 분다.
여기 바다의 은총이 잠자고 있다.

흰돛(白帆)은 바다를 칼질하고
바다는 하늘을 간질러본다.
여기 바다의 아량이 간직여 있다.

낡은 그물은 바다를 얽고
바다는 대륙을 푸른 보로 싼다.
여기 바다의 음모가 서리어 있다.

바다의 크고 장엄함, 그리고 광활한 스케일에 대한 예찬이다. 이
육사가 아니면 빚어내기 힘든 날카로운 표현이다. '은총'과 '아
량'과 '음모'라는 단어를 사용하여 바다의 이미지를 극대화시키
고 있다.

서풍(西風)

시리빛을 함뿍 띠고
하늘 끝없이 푸른 데서 왔다.
강(江) 바닥에 깔려 있다가
갈대꽃 하얀 우를 스쳐서
장사(壯士)의 큰 칼집에 숨어서는
귀양 가는 손의 돛대도 불어주고
젊은 과부의 뺨도 희든 날
대밭에 벌레소릴 가꾸어 놓고
회한을 사시나무 잎처럼 흔드는
네 오면 불길할 것 같아 좋아라.

역설적인 표현으로 시를 이끌어가고 있다. 특히 마지막의 '네 오면 불길한 것 같아 좋아라.'라는 표현이 더욱 그러하다. 바람이라는 이미지를 현실 속에 매체시켜 시를 형상화시키고 있다.

자야곡(子夜曲)

수만 호 빛이래야 할 내 고향이언만
노랑나비도 오잖는 무덤 우에 이끼만 푸르러라.

슬픔도 자랑도 집어삼키는 검은 꿈
파이프엔 조용히 타오르는 꽃불도 향기론데

연기는 돛대처럼 나려 항구에 들고
옛닐의 들창마다 눈동자엔 짜운 소금이 저려

바람 불고 눈보라 치잖으면 못 살리라
매운 술을 마셔 돌아가는 그림자 발자춰 소리

숨 막힐 마음속에 어데 강물이 흐르느뇨
달은 강을 따르고 나는 차디찬 강 맘에 드리노라

수만 호 빛이래야 할 내 고향이언만
노랑나비도 오잖는 무덤 우에 이끼만 푸르러라.

고향에 대한 진한 향수와 추억이 이 시의 전편에 흐르고 있다. 황폐해진 조국의 암울한 현실을 적나라하게 그려내고 있는 작품이기도 하다.

연보(年譜)

'너는 돌다릿목에서 쥐 왔다'던
할머니의 핀잔이 참이라고 하자

나는 진정 강언덕 그 마을에
버려진 문받이였는지 몰라?

그러기에 열여덟 새봄은
버들피리 곡조에 불어내고

첫사랑이 흘러간 항구의 밤
눈물 섞어 마신 술 피보다 달더라

공명이 마다곤들 언제 말이나 했나?
바람에 붙여 돌아온 고장도 비고

서리 밟고 걸어간 새벽길 우에
간(肝) 잎만이 새하얗게 단풍이 들어

거미줄만 발목에 걸린다 해도
쇠사슬을 잡아맨 듯 무거워졌다.

눈 우에 걸어가면 자욱이 지리라고
때로는 설레이며 바람도 불지

시인이 살아온 삶은 그다지 행복한 것만은 아니었다. 남들은 다 아름답다고 입을 모으는 과거지사까지도 시인에게 있어서는 한낱 번민과 괴로움 투성이일 수밖에 없었던 것이다. 그에게는 꿈이 있었고, 그 꿈은 보통의 꿈이 아니었다. 조국과 민족의 앞날을 위해 일하고자 하는 그의 의지가 그의 꿈을 한껏 부풀게 했던 것이다. 그리하여 그는 늘 민족적인 차원에서 그의 아픔을 노래하지 않을 수 없었다고 본다. 이 시는 민족 해방을 위하여 끝내 목숨까지 버려야 했던 육사의 젊은 날의 자화상이라고 할 수 있다.

아미(蛾眉)
– 구름의 백작부인(伯爵夫人)

향수에 철나면 눈썹이 기나니요
바다랑 바람이랑 그 사이 태어났고
나라마다 어진 풍속 자랐겠죠

짙푸른 깁강(帳)을 나서면 그 몸매
하이얀 깃옷은 휘둘러 눈부시고
정녕 왈쓰라도 추실란가봐요.

햇살같이 펼쳐진 부채는 감춰도
도톰한 손결 교쇼(橋笑)를 가루어서
공주의 笏(홀)보다 깨끗이 떨리요

언제나 모듬에 지쳐서 돌아오면
꽃다발 향기조차 기억만 새로워라
찬 젓대 소리에다 옷끈을 흘려보내고

촛불처럼 타오르는 가슴속 사념(思念)은

진정 누구를 에끼시는 속죄라오
발 아래 가득히 황혼이 나우리치오

달빛은 서늘한 원주(圓柱) 아래 듭시면
장미(薔薇) 쩌 이고 장미(薔薇) 쩌 흩으시고
아련히 가시는 곳 그 어딘가 보이오

눈썹을 구름에다 비유한 시적(詩的) 발상(發想)이 기발하다. 다듬어진 시어(詩語)가 상당히 신선하고, 적당한 율조도 이 시를 한껏 살려주고 있다.

한 개의 별을 노래하자

한 개의 별을 노래하자. 꼭 한 개의 별을
십이성좌(十二星座) 그 숱한 별을 어찌 다 노래하겠니

꼭 한 개의 별! 아침 날 때 보고 저녁 들 때도 보는 별
우리들과 아-주 친하고 그 중 빛나는 별을 노래
하자
아름다운 미래를 꾸며볼 동방(東方)의 큰 별을 가
지사

한 개의 별을 가지는 건 한 개의 지구를 갖는 것
아롱진 서름밖에 잃을 것도 없는 낡은 이 땅에서
한 개의 새로운 지구를 차지할 오는 날의 기쁜 노래를
목안에 핏대를 올려가며 마음껏 불러보자.

처녀의 눈동자를 느끼며 돌아가는 군수야업(軍需夜
業)의 젊은 동무들
푸른 샘을 그리는 고달픈 사막의 행상대도 마음을

축여라

  화전(火田)에 돌을 줍는 백성들도 옥야천리(沃野千里)
를 차지하자

  다 같이 제멋에 알맞은 풍양(豊穰)한 지구의 주재
자로
임자 없는 한 개의 별을 가질 노래를 부르자.

  한 개의 별 한 개의 지구 단단히 다져진 그 땅 우에
모든 생산의 씨를 우리의 손으로 휘뿌려보자

  앵율(罌粟)처럼 찬란한 열매를 거두는 찬연(餐宴)엔
예의에 끄럼 없는 반취(半醉)의 노래라도 불러보자

  염리한 사람들을 다스리는 신이란 항상 거룩할지니
새 별을 찾아가는 이민(移民)들의 그 틈엔 안 끼어
갈 테니

새로운 지구엔 단죄 없는 노래를 진주처럼 흩이자

한 개의 별을 노래하자 다만 한 개의 별일망정
한 개 또 한 개의 십이성좌(十二星座) 모든 별을 노
래하자.

이 시 역시 암울한 역사의 굴레 속에서 고통 받는 우리 민족의 아
픔과 그 아픔을 딛고 일어서기를 기원하는 애틋한 마음을 노래하
고 있다. 이 시에서의 별은 곧 우리 민족 또는 우리 조국을 의미한
다고 봄이 타당할 것이다.

교목(喬木)

푸른 하늘에 닿을 듯이
세월에 불타고 우뚝 남아 서서
차라리 봄도 꽃피진 말아라

낡은 거미집 휘두르고
끝없는 꿈길에 혼자 설레이는
마음은 아예 뉘우침 아니라

검은 그림자 쓸쓸하면
마침내 호수 속 깊이 거꾸러져
차마 바람도 흔들진 못해라

이 시에서의 교목은 바로 시인 자신을 일컫는 말이다. 외로운 시
인의 자태를 홀로 노래한 시라고 할 수 있다.

강 건너간 노래

섣달에도 보름께 달 밝은 밤
앞내강 깽깽 얼어 조이든 밤에
내가 부른 노래는 강 건너갔소

강 건너 하늘 끝에 사막도 닿은 곳
내 노래는 제비같이 날아서 갔소

못 잊을 계집애 집조차 없다기에
가기는 갔지만 어린 날개 지치면
그만 어느 모래불에 떨어져 타서 죽겠죠.

사막은 끝없이 푸른 하늘이 덮여
눈물 먹은 별들이 조상오는 밤

밤은 옛일을 무지개보다 곱게 싹 내나니
한가락 여기 두고 또 한가락 어데멘가
내가 부른 노래는 그 밤에 강 건너갔소.

조국을 잃은 슬픔을 노래한 민요조의 시이다. 우리 민족의 염원인 조국의 해방과 자유, 그리고 삶에 대한 무한한 행복은 이미 남의 손에 넘어가 버리고 말았다는 비참한 현실이 시인으로 하여금 통한의 노래를 부르게 하고 있다.

남한산성(南漢山城)

넌 제왕(帝王)에 길들인 교룡(蛟龍)
화석(化石) 되는 마음에 이끼가 끼여

승천하는 꿈을 길러준 열수(洌水)
목이 째지라 울어예가도

저녁놀 빛을 걷어올리고
어데 비바람 있음 즉도 안해라.

역사의 풍랑 속에서도 의연히 버티어 온 남한산성을 보고 시인은
깊은 감회에 젖는다. 그 모습은 마치 꿈틀거리는 교룡과 같으며,
역사에 길들여진 채 묵묵히 버티고 있는 장엄한 모습을 충분히
감지할 수 있는 작품이다. 마지막 연의 '어데 비바람 있음즉도 안
해라'라는 마무리는 우리 민족의 의연한 끈기와 자태를 설명해주
고 있는 표현이라 할 수 있을 것이다.

호수(湖水)

내리달리고 저운 마음이련마는
바람에 씻은 듯 다시 명상하는 눈동자

때로 백조(白鳥)를 불러 휘날려보기도 하건만
그만 기슭을 안고 돌아누워 흑흑 느끼는 밤

희미한 별 그림자를 씹어 노외는 동안
자줏빛 안개 가벼운 명모 같이 나려 씌운다.

호수를 빌어 시인의 마음 상태를 형상화 하고 있다. 고요하고 싶
은 시인의 심사가 그대로 시의 전편에 흐르고 있다.

아편(鴉片)

나릿한 남만(南蠻)의 밤
번제(燔祭)의 두렛불 타오르고

옥돌보다 찬 넋이 있어
홍역(紅疫)이 만발하는 거리로 쏠려

거리엔 노아의 홍수 넘쳐나고
위태한 섬 우에 빛난 별 하나

너는 고 알몸동아리 향기를
봄바다 바람 실은 돛대처럼 오라

무지개같이 황홀한 삶의 광영(光榮)
죄와 곁들여도 삶직한 누리

인간의 쾌락에 대한 시인의 견해를 시로써 형상화시킨 작품이라
고 할 수 있다. 여기에서 '아편'이 상징하는 것은 무엇일까? 그
것은 바로 우리들의 '행복'이라고 할 수 있을 것이다.

절정(絕頂)

매운 계절의 채찍에 갈겨
마침내 북방으로 휩쓸려오다

하늘도 그만 지쳐 끝난 고원(高原)
서릿발 칼날진 그 우에 서다

어데다 무릎을 꿇어야 하나
한 빌 재겨 디딜 곳조차 없다.

이러매 눈감아 생각해 볼 밖에
겨울은 강철로 된 무지갠가 보다

원래 '절정'이라는 낱말은 '최고(하이라이트)'라는 뜻으로 쓰이게
마련이다. 그러나 시인은 이 시에서 '절정'을 그 반대의 의미로
간주하여 사용하고 있다. 이 시가 하나의 완벽성을 갖는 것은 어
쩌면 그러한 표출기법인지도 모른다. 시인은 가장 암울한 현실의
끝(절정)을 노래하고 있는 것이다.

꽃

동방은 하늘도 다 끝나고
비 한 방울 나리잖는 그때에도
오히려 꽃은 빨갛게 피지 않는가
내 목숨을 꾸며 쉬임 없는 날이여

북쪽 쓴드라에도 찬 새벽은
눈 속 깊이 꽃 맹아리가 옴작거려
제비떼 까맣게 날아오길 기다리나니
마침내 저버리지 못할 약속이여

한바다 복판 용솟음치는 곳
바람결 따라 타오르는 꽃성(城)에는
나비처럼 취하는 회상(回想)의 무리들아
오늘 내 여기서 너를 불러보노라

세월은 흘러도 인간사를 어쩌지는 못한다. 자연의 섭리는 언제나
정확한 궤도 위를 순행한다. 시인은 어느 날 꽃이 피는 것을 보고
는 과거를 생각하며 현실의 상황을 정리하고 있다.

노정기(路程記)

목숨이란 마치 깨어진 배쪼각
여기저기 흩어져 마음이 구죽죽한 어촌보담 어설
프고
삶의 티끌만 오래 묵은 포범(布帆)처럼 달아매였다.

남들은 기뻤다는 젊은 날이었건만
밤마다 내 꿈은 서해를 밀항하는 쨩크와 같애
소금에 절고 조수에 부풀어 올랐다.

항상 흐렷한 밤 암초를 벗어나면 태풍과 싸워가고
전설(傳說)에 읽어본 산호도(珊瑚島)는 구경도 못하는
그곳은 남십자성이 비쳐주도 않았다

쫓기는 마음 지친 몸이길래
그리운 지평선을 한숨에 기오르면
시궁치는 열대식물처럼 발목을 오여쌌다

새벽 밀물에 밀려온 거미이냐

다 삭아빠진 소라 껍질에 나는 붙어 왔다

머-ㄴ 항구의 노정(路程)에 흘러간 생활을 들여다

보며

인생의 여정에 대한 노래이다. 부초처럼 흘러서 떠다니는 삶이란
누구나가 다 겪는 것이지만, 그래도 더러는 자기의 삶이 온전하
기를 바란다. 평온하고 한가로운 인생을 맞이하고 싶어 한다. 그
러나 삶은 누구에게나 거칠게 다가와 난폭하게 머물다 간다. 그
래서 시인은 더러 슬픔에 젖는 것이다.

광인(狂人)의 태양

분명 라이플선(線)을 튕겨서 올라
그냥 화화(火華)처럼 살아서 곱고

오랜 나날 연초(煙硝)에 끄스른
얼골을 가리션 슬픈 공작선(孔雀扇)

거츠른 해협마다 흘긴 눈초리
항싱 요충지대(要衝地帶)를 노려가다

이 시에서의 '태양'과 '눈초리'는 서로 일맥상통하고 있다. 거칠
게 살아온 삶에 대한 분노와 후회가 엇갈리고 있다. 암울한 현실
에 대한 반증이 아닌가 싶다.

일식(日蝕)

쟁반에 먹물을 담아 햇살을 비춰본 어린 날
불개는 그만 하나밖에 없는 내 날을 먹었다.

날과 땅이 한 줄 우에 돈다는 고 순간만이라도
차라리 헛말이기를 밤마다 정녕 빌어도 보았다.

마침내 가슴은 동굴보다 어두워 설레인고녀
다만 한 봉오리 피려는 장미 벌레가 좀치렀다.

그래서 더 예쁘고 진정 덧없지 아니하냐.
또 어데 다른 하늘을 얻어
이슬 젖은 별빛에 가꾸런다.

일식은 자연 현상의 한 장면이다. 그러나 시인은 이러한 자연 현상을 보면서 그 자연의 섭리를 우리의 조국 현실에다 비유하고 있다. 잃어버린 조국의 꿈을 되찾고 싶어 하는 시인의 마음이 시의 전편에 흐르고 있다.

파초(芭蕉)

항상 앓는 나의 숨결이 오늘은
해월(海月)처럼 게을러 은빛 물결에 뜨나니

파초 너의 푸른 옷깃을 들어
이닷 타는 입술을 축여주렴

그 옛적 사라센의 마즈막 날엔
기약 없이 흩어진 두 낱 넋이 있어라

젊은 여인들의 잡아 못 논 소매 끝엔
고운 소금조차 아즉 꿈을 짜는데

먼 성좌(星座)와 새로운 꽃들을 볼 때마다
잊었던 계절을 몇번 눈 우에 그렸느뇨

차라리 천년 뒤 이 가을밤 나와 함께
빗소리는 얼마나 긴가 재어보자

그리고 새벽하늘 어디 무지개 서면
무지개 밟고 다시 끝없이 헤여지세

잃어버린 꿈을 되찾고 싶어 하는 마음과 괴로움과 역경 속에서도
기어이 참아내고야 말겠다는 굳은 신념이 교차하여 어둠을 밝히
는 한 줄기 빛살처럼 희망으로 되살아나고 있다.

해조사(海潮詞)

동방(洞房)을 찾아드는 신부(新婦)의 발자취같이
조심스리 걸어오는 고이한 소리!
해조(海潮)의 소리는 네모진 내 들창을 열다
이 밤에 나를 부르는 이 없으련만?

남생이 등같이 외로운 이 서ーㅁ 밤을
싸고 오는 소리! 고이한 침략자여!
내 보고(寶庫)를 문을 흔드는 건 그 누군고?
영주(領主)인 나의 한 마디 허락도 없이.

코ー가사스 평원을 달리는 말굽소리보다
한층 요란한 소리! 고이한 약탈자여!
내 정열밖에 너들에 뺏길 게 무엇이료.
가난한 귀향살이 손님은 파려하다

올 때는 왜 그리 호기롭게 몰려 와서
너들의 숨결이 밀수자(密輸者)같이 헐데느냐.

오 - 그것은 나에게 호소하는 말 못할 울분인가?
내 고성(古城)엔 밤이 무겁게 깊어가는데.

쇠줄에 끌려 걷는 수인(囚人)들의 무거운 발소리!
옛날의 기억을 아롱지게 수놓는 고이한 소리!
해방을 약속하든 그날 밤의 음모를
먼동이 트기 전 또다시 속삭여 보렴인가?

검은 벨을 쓰고 오는 젊은 여승(女僧)들의 부르짖음
고이한 소리! 발 밑을 지나며 흑흑 느끼는 건
어느 사원(寺院)을 탈주해 온 어여쁜 청춘의 반역인
고?
시들었든 내 항분(亢奮)도 해조처럼 부풀어 오르는
이 밤에

이 밤에 날 부를 이 없거늘! 고이한 소리!
광야를 울리는 불 맞은 사자의 신음인가!

오 소리는 장엄한 네 생애의 마지막 포효!
내 고도(孤島)의 매태낀 성곽을 깨뜨려다오!

산실(産室)을 새어나는 분만의 큰 괴로움!
한밤에 찾아올 귀여운 손님을 맞이하자.
소리! 고이한! 소리 지축이 메지게 달려와
고요한 섬 밤을 지새게 하는고녀.

거인(巨人)의 탄생을 축복하는 노래의 합주!
하늘에 사모치는 거룩한 기쁨의 소리!
해조는 가을을 불러 내 가슴을 어루만지며
잠드는 넋을 부르다 오 – 해조! 해조의 소리!

바다에는 이 우주의 삼라만상이 다 들어있다. 시인의 눈은 그러한 바다의 깊이를 들여다보고 있다. 그러면서 거인의 울음소리를 듣고 있다.

반묘(斑猫)

어느 사막의 나라 유폐된 후궁(後宮)의 넋이기에
몸과 마음도 아롱져 근심스러워라

칠색(七色) 바다를 건너서 와도 그냥 눈동자에
고향의 황혼을 간직해 서럽지 않뇨

사람의 품에 깃들면 등을 굽히는 짓새
산맥을 느낄사록 끝없이 게을러라

그 적은 포효는 어느 조선(祖先) 때 유전이길래
마노(瑪瑙)의 노래야 한층 더 잔조우리라

그보다 들안에 흰나비 나즉이 날아올 땐
한낮의 태양과 튜립 한 송이 지킴직하고

> 고양이를 보면서 느끼는 감상을 노래한 작품이다. 하찮은 동물에게서도
> 시인은 대자연과 인간의 유구한 역사를 동시에 관조하고 있다.

춘수삼제(春愁三題)

I

이른 아침 골목길을 미나리 장수가 길게 외고 갑니다
할머니의 흐린 동자는 무엇을 달라시는지
아마도 X에 간 맏아들의 입맛을 그려나 보나봐요

II

시냇가 버드나무 이따금 흐느적거립니다
표모(漂母)의 방망이 소린 왜 지리 모날까요
쨍쨍한 이 볕살에 누더기만 빨기는 짜증이 난 게죠

III

삘딩의 피뢰침에 아지랑이 걸려서 헐덕거립니다
돌아온 제비떼 포사선(抛射線)을 그리며 날려 재재
거리는 건
깃들인 옛집터를 찾아 못 찾는 괴롬 같구려

잃어버린 땅, 떠나올 수밖에 없었던 고향, 마음대로 활보할 수조
차 없는 암울한 조국의 현실…… 이러한 시대적인 상황의 갈등
속에서 고뇌하는 시인의 아픈 마음이 봄날의 풍경에 조합되어 떠
오른다.

나의 뮤-즈

아주 헐벗은 나의 묘 - 즈는
한 번도 자야 싶은 날이 없어
사뭇 밤만을 왕자처럼 누려왔소

아무 것도 없는 주제언만도
모든 것이 제 것인 듯 버티는 멋이야
그냥 인드라의 영토를 날아도 다닌다오

고향은 어데라 물어도 말은 않지만
처음은 정녕 북해안 매운 바람 속에 자라
대곤(大鯤)을 타고 다녔단 것이 일생의 자랑이죠

계집을 사랑커든 수염이 너무 주체스럽다고
취하면 행랑 뒷골목을 돌아서 다니며
복(祇)보다 크고 흰 귀를 자주 망토로 가리오

그러나 나와는 몇 천겁(千劫) 동안이나

바루 비취(翡翠) 녹아나는 듯한 돌샘가에
향연이 벌어지면 부르는 노래란 목청이 외골수요

밤도 시진하고 닭소리 들릴 때면
그만 그는 별 계단을 성큼성큼 올라가고
나는 촛불도 꺼져 백합꽃밭에 옷깃이 젖도록 잤소

'뮤즈'란 그리스 신화에 나오는 신의 이름이다. 뮤즈신은 시와 극
(연극.영화), 음악, 미술 등의 예술을 지배한다고 하며, 모두 아홉
신이 있다고 전한다. 시인의 예술에 대한 관념을 엿볼 수 있는 작
품이 아닌가 한다.

황혼(黃昏)

내 골ㅅ방의 커-텐을 걷고
정성된 마음으로 황혼을 맞아들이노니
바다의 흰 갈매기들 같이도
인간은 얼마나 외로운 것이냐

황혼아 네 부드러운 손을 힘껏 내밀라
내 뜨거운 입술을 맘대로 맞추어보련다
그리고 네 품안에 안긴 모든 것에
나의 입술을 보내게 해다오

저-십이성좌(十二星座)의 반짝이는 별들에게도
종ㅅ소리 저문 삼림 속 그윽한 수녀(修女)들에게도
쎄멘트 장판 우 그 많은 수인(囚人)들에게도
의지가지 없는 그들의 심장이 얼마나 떨고 있는가

고비사막을 걸어가는 낙타 탄 행상대에게나
아프리카 녹음 속 활 쏘는 토인들에게라도

황혼아 네 부드러운 품안에 안기는 동안이라도
지구의 반쪽만을 나의 타는 입술에 맡겨다오

내 오월의 골ㅅ방이 아득도 하니
황혼아 내일도 또 저ㅡ푸른 커텐을 걷게 하겠지
암암(暗暗)히 사라지는 시냇물 소리 같아서
한번 식어지면 다시는 돌아올 줄 모르나보다

황혼을 바라보면서 시인은 인생의 의미를 생각한다. 자연의 황혼
속에서 시인은 인생의 황혼을 아울러 떠올리는 것이다. 그리하여
지나간 과거를 회상하고 인생의 덧없음을 안타까워 하는 것이
다.

소년에게

차디찬 아침이슬
진주가 빛나는 못가
연꽃 하나 다복히 피고

소년아 네가 낳다니
맑은 넋에 깃들여
박꽃처럼 자랐세라

큰 강 목놓아 흘러
여울은 흰 돌쪽마다
소리 석양(夕陽)을 새기고

너는 준마(駿馬) 달리며
죽도(竹刀) 져 곧은 기운을
목숨같이 사랑했거늘

거리를 쫓아다녀도

분수(噴水) 있는 풍경 속에
동상답게 서봐도 좋다

서풍(西風) 빰을 스치고
하늘 한가 구름 뜨는 곳
희고 푸른 지음을 노래하며

노랫가락은 흔들리고
별들 춥다 얼어붙고
너조차 미친들 어쩌랴.

이 시에서의 소년은 티없이 순박한 우리 민족을 지칭한다고 볼 수
있다. 조국을 빼앗긴 암울한 현실 속에서 신음하는 우리 민족에게
용기와 신념을 불어넣어 주고자 이 시를 썼다고 사료된다.

해후(邂逅)

모든 별들이 비취계단을 나리고 풍악 소리 바로 조수처럼 부풀어 오르던 그 밤 우리는 바다의 전당을 떠났다.

가을꽃을 하직하는 나비모양 떨어져선 다시 가까이 되돌아보곤 또 떨어지던 흰 날개 우엔 볕살도 따겁더라

머나먼 기억은 끝없는 나그네의 시름 속에 자라나는 너를 간직하고 너도 나를 안겨 항상 단조한 물결에 익었다.

그러나 물결은 흔들려 끝끝내 보이지 않고 나조차 계절풍의 넋이 같이 휩쓸려 정치 못 일곱 바다에 밀렸거늘

너는 무삼 일로 사막의 공주(公主) 같아 연지찍은

붉은 입술을 내 근심에 표백된 돛대에 거느뇨 오 –
안타까운 신월(新月)

　때론 너를 불러 꿈마다 눈덮인 내 섬 속 투명한 영
락(玲珞)으로 세운 집안에 머리 푼 알몸을 황금 정쇄
(頂鎖) 족쇄(足鎖)로 매어두고

　귓밤에 우는 구슬과 사슬 끊는 소리 들으며 나는 이
름도 모를 꽃밭에 물을 뿌리며 머 – ㄴ 다음날을 빌었
더니

　꽃들이 피면 향기에 취한 나는 잠든 틈을 타 너는
온갖 화변(花辯)을 따서 날개를 붙이고 그만 어데로
날아갔더냐

　지금 놀이 나려 선창(船窓)이 고향의 하늘보다 둥글
거늘 검은 망토를 두르기는 지나간 세기(世紀)의 상장

(喪章)같애 슬프지 않은가

　차라리 그 고운 손에 흰 수건을 날리렴 허무의 분
수령에 앞날의 깃발을 걸고 너와 나와는 또 흐르자
부끄럽게 흐르자

잃어버린 조국에 대한 그리움과 아쉬움을 노래한 작품이다. 시인
은 이 시를 통하여 우리 민족에게, 새로운 해후를 위하여 끝없는
투쟁을 계속할 것을 권고하고 있다.

편복(蝙蝠)

광명을 배반한 아득한 동굴에서
다 썩은 들보와 무너진 성채(城砦) 위 너 홀로 돌아
다니는
가엾은 박쥐여! 어둠의 왕자여!
쥐는 너를 버리고 부잣집 곳간으로 도망했고
대붕(大鵬)도 북해로 날아간 지 이미 오래거늘
검은 세기(世紀)의 상장(喪章)이 갈가리 찢어질 긴
동안
비둘기 같은 사랑을 한 번도 속삭여보지도 못한
가엾은 박쥐여! 고독한 유령이여!

앵무와 함께 종알대여보지도 못하고
딱따구리처럼 고목을 쪼아 울리도 못하거니
마노보다 노란 눈깔은 유전(遺傳)을 원망한들 무엇
하랴
서러운 주문일사 못 외일 고민의 이빨을 갈며
종족과 홰(塒)를 잃어도 갈 곳조차 없는

가엾은 박쥐여! 영원한 보헤미안의 넋이여!

제 정열에 못 이겨 타서 죽은 불사조는 아닐망정
공산(空山) 잠긴 달에 울어 새는 두견새 흘리는 피는
그래도 사람의 심금을 흔들어 눈물을 짜내지 않
는가!

날카로운 발톱이 암사슴의 연한 간을 노려도 봤을
너의 머ㄴ 조선(祖先)의 영화롭던 한시절 역사도
이제는 아이누의 가계(家系)와도 같이 서러워라.
가엾은 박쥐여! 멸망하는 겨레여!

운명의 제단에 가늘게 타는 향불마저 꺼졌거든
그 많은 새즘생에 빌붙일 애교라도 가졌단 말가?
상금조(相琴鳥)처럼 고운 뺨을 채롱에 팔지도 못하
는 너는
한 토막 꿈조차 못 꾸고 다시 동굴로 돌아가거니

가엾은 박쥐여! 검은 화석(化石)의 요정이여!

어두운 동굴 속에 갇혀서 힘없는 짐승이 되어버리고 만 박쥐를 가엾어 하는 시인의 마음이 적나라하게 표출된 작품이다. 이 시에서의 박쥐는 자유를 빼앗긴 우리 민족을 상징한다고 볼 수 있다. 시인은 이 시를 통하여 일제의 압박 속에서 신음하는 우리 민족의 아픔을 그리고자 노력하였다. 철저하게 고립되어버린 박쥐의 신세, 그 처참한 운명의 사슬은 다름 아닌 우리 민족의 수난과도 일맥상통한다고 볼 수 있는 것이다.

실제(失題)

하늘이 높기도 하다
고무풍선 같은 첫겨을 달을
누구의 입김으로 불어 올렸는가?
그도 반 넘어 서쪽에 기울어졌다

행랑 뒷골목 호젓한 상술집엔
팔려온 냉해지처녀(冷害地處女)를 둘러싸고
대학생의 지질숙한 눈초리가
사상선도(思想善導)의 염탐꾼 밑에 떨고 있다

라디오의 수양강화(修養講話)가 끝이 났는지?
마ー장 구락부 문간은 하품을 치고
삘딩 돌담에 꿈을 그리는 거지새끼만
이 도시의 양심을 지키나보다

바람은 밤을 집어삼키고
아득한 까스 속을 흘러서 가니

거리의 주인공인 해태의 눈깔은
언제나 말갛게 푸르러 오노

어수선한 거리의 풍경 속에서 시인은 암울한 조국의 현실을 직시
하고 있다. 제목을 '실제(失題)'라고 붙인 시인의 의도는 작위적이
아닌가 한다. 암담하리만치 풀어져 있는 조국의 현실을 볼 때, 차
마 이 시의 특별한 제목을 붙일 수가 없었으리라.

서울

어떤 시골이라도 어린애들은 있어 고놈들 꿈결조
차 잊지 못할 자랑 속에 피어나 황홀하기 장미빛 바
다였다.

밤마다 야광충들의 고운 불 아래 모여서 영화로운
잔체와 쉴 새 없는 해조(諧調)에 따라 푸른 하늘을 꾀했
다는 이야기.

왼 누리의 심장을 거기에 느껴보겠다고 모든 길과 길
들 핏줄같이 엉클어서 역마다 느릅나무가 늘어서고.

긴 세월이 맴도는 그 판에 고추 먹고 뱅 — 뱅 찔레 먹
고 뱅-뱅 넘어지면 맘모스의 해골처럼 흐르는 인광(燐
光) 길다랗게.

개아미 마치 개아미다 젊은놈들 겁이 잔뜩 나 참
아 참아하는 마음은 널 원망에 비겨 잊을 것이었다

깍쟁이.

언제나 여름이 오면 황혼의 이 뿔따귀 저 뿔따귀에
한 줄씩 걸쳐매고 짐짓 창공에 노려대는 거미집이다
텅 비인.

제발 바람이 세차게 불거든 케케묵은 몬지를 눈보래
마냥 날려라 녹아 나리면 개천에 고놈 살무사들 승천
을 할는지.

순박한 시골 사람으로서 서울에 대한 이미지를 형상화시킨 작
품이다.

소공원(小公園)

한낮은 햇발이
백공작(百孔雀) 꼬리 우에 함북 퍼지고

그 넘에 비둘기 보리밭에 두고 온
사랑이 그립다고 근심스레 코 고을며

해오래비 청춘을 물가에 흘려보냈다고
쭈구리고 앉아 비를 부르건만은

흰 오리떼만 분주히 미끼를 찾아
자무락질치는 소리 약간 들리고

언덕은 잔디밭 파라솔 돌리는 이국소녀(異國少女) 둘
해당화 같은 뺨을 돌려 망향가(望鄕歌)도 부른다.

> 고향(또는 고국)을 떠난 슬픔과 객지에서의 외로운 정한을 고즈
> 넉히 읊은 노래이다. 방랑자로서의 시인의 산란한 마음을 잘 드
> 러내 주고 있는 작품이라고 할 수 있다.

4부

윤동주

1917년 12월 30일 북간도에서 윤영석(尹永錫)과 김용(金龍) 사이의 맏아들로 태어났다. 1943년 항일 민족운동을 위한 사상범의 혐의를 받아 일본 경찰에 구속되어 2년 형의 언도를 받고 일본 쿠우슈우(九州) 후쿠오카 형무소에서 복역중 1945년 2월 16일에 옥사했다. 허망한 존재의식, 자아에 대한 내면적인 응시와 분열, 일제의 감시를 받는 강박 관념과 조국의 광복을 염원한 것이 그의 시의 내용이다.

별 헤는 밤

계절이 지나가는 하늘에는
가을로 가득 차 있읍니다.

나는 아무걱정도 없이
가을 속의 별들을 다 헤일 듯합니다.

가슴속에 하나 둘 새겨지는 별을
이제 다 못 헤는 것은
쉬이 아침이 오는 까닭이오,
내일 밤이 남은 까닭이오,
아직 나의 청춘이 다하지 않은 까닭입니다.

별 하나에 추억과
별 하나에 사랑과
별 하나에 쓸쓸함과
별 하나에 동경과
별 하나에 시(詩)와

별 하나에 어머니, 어머니.

　어머님, 나는 별 하나에 아름다운 말 한 마디씩 불러
봅니다. 소학교 때 책상을 같이 했던 아이들의 이름과
패(佩), 경(鏡), 옥(玉) 이런 이국(異國) 소녀(少女)들의 이
름과, 벌써 애기 어머니 된 계집애들의 이름과, 가난
한 이웃사람들의 이름과, 비둘기, 강아지, 토끼, 노
새, 노루, 프랑시쓰 짬, 라이너 마리아 릴케 이런 시
인의 이름을 불러봅니다.

　이네들은 너무나 멀리 있읍니다.
　별이 아슬히 멀 듯이,

　어머님,
　그리고 당신은 멀리 북간도(北間島)에 계십니다.

　나는 무엇인지 그리워

이 많은 별빛이 나린 언덕 우에
내 이름자를 써보고,
흙으로 덮어버리었읍니다.

딴은 밤을 새워 우는 벌레는
부끄러운 이름을 슬퍼하는 까닭입니다.

그러나 겨울이 지나고 나의 별에도 봄이 오면
무덤 우에 파란 잔디가 피어나듯이
내 이름자 묻힌 언덕 우에도
자랑처럼 풀이 무성 할 거외다.

윤동주의 대표작으로서 손색이 없는 작품이다. 아름다운 이상 세
계에 대한 동경과 민족 해방에의 염원을 주제로 한 이 시에는 빼
앗긴 조국에 대한 그리움과 슬픔이 상징적으로 나타나 있다.

서시(序詩)

죽는 날까지 하늘을 우러러
한 점 부끄럼이 없기를,
잎새에 이는 바람에도
나는 괴로워했다.
별을 노래하는 마음으로
모든 죽어 가는 것을 사랑해야지
그리고 나한테 주어진 길을
걸어가야겠다.

오늘 밤에도 별이 바람에 스치운다.

윤동주의 시 중에 '별 헤는 밤'과 더불어 독자들에게 가장 많이
알려진 작품이 바로 이 '서시(序詩)'이다. 이 시는 조국 광복을 맞
이한 후에 발간된 윤동주의 유고시집 「하늘과 바람과 별과 시」
(1948.1)의 머리에 실린 작품이다. 힘없는 시인이 강한 마음으
로 현실의 벽을 타개해 나가고자 하는 굳은 의지를 함축성 있게
표출한 작품이다.

삶과 죽음

삶은 오늘도 죽음의 서곡을 노래하였다.
이 노래가 언제나 끝나랴

세상 사람은—
뼈를 녹여 내는 듯한 삶의 노래에
춤을 춘다.

사람들은 해가 넘어가기 전
이 노래 끝의 공포를
생각할 사이가 없었다.

하늘 복판에 알 새기듯이
이 노래를 부른 자가 누구뇨

그리고 소낙비 그친 뒤같이도
이 노래를 그친 자가 누구뇨

죽고 뼈만 남은
죽음의 승리자 위인들!

시인이 살고 있는 현실에 대한 감상과 살아가는 목적을 노래한 시
이다. 윤동주는 누가 무어라 해도 역시 우리 민족사의 한 장을 찬
란하게 장식한 민족시인이다. 그는 여기에서 자신의 삶에 대한 철
학을 한 편의 시로써 승화시키고 있는 것이다.

십자가(十字架)

쫓아오던 햇빛인데
지금 교회당 꼭대기
십자가에 걸리었읍니다.

첨탑이 저렇게도 높은데
어떻게 올라갈 수 있을까요.

종소리도 들려오지 않는데
휘파람이나 불며 서성거리다가,

괴로웠던 사나이,
행복한 예수·그리스도에게
처럼
십자가가 허락된다면

모가지를 드리우고
꽃처럼 피어나는 피를

어두워가는 하늘 밑에
조용히 흘리겠읍니다.

이 시에서 우리는 시인의 순결정신을 엿볼 수 있다. 만약 조국
이 시인을 부른다면 언제든지 뛰어가서 모든 것을 희생할 각오
가 되어 있다는 굳은 의지를 나타낸 작품이다.

또 다른 고향(故鄕)

고향에 돌아온 날 밤에
내 백골(白骨)이 따라와 한 방에 누웠다.

어둔 방은 우주로 통하고
하늘에선가 소리처럼 바람이 불어온다.

어둠 속에 곱게 풍화작용 하는
백골을 들여다보며
눈물 짓는 것이 내가 우는 것이냐.
백골이 우는 것이냐.
아름다운 혼(魂)이 우는 것이냐.

지조 높은 개는
밤을 새워 어둠을 짖는다.
어둠을 짖는 개는
나를 쫓는 것일 게다.

가자 가자

쫓기우는 사람처럼 가자.

백골 몰래

아름다운 또 다른 고향에 가자.

일제의 압박에 대한 저항정신이 이 시의 주제를 이루고 있다.
굳은 의지로 절망감과 불안감을 극복해 내려는 염원이 시 전편
에 흐르고 있다.

자화상(自畵像)

    산모퉁이를 돌아 논가 외딴 우물을 홀로 찾아가선 가만히 들여다봅니다.

    우물 속에는 달이 밝고 구름이 흐르고 하늘이 펼치고 파아란 바람이 불고 가을이 있습니다.

    그리고 한 사나이가 있습니다.
어쩐지 그 사나이가 미워져 돌아갑니다.

    돌아가다 생각하니 그 사나이가 가엾어집니다. 도로 가 들여다보니 사나이는 그대로 있습니다.

    다시 그 사나이가 미워져 돌아갑니다.
돌아가다 생각하니 그 사나이가 그리워집니다.

    우물 속에는 달이 밝고 구름이 흐르며 하늘이 펼치고 파아란 바람이 불고 가을이 있고 추억(追憶)처럼 사나이가 있읍니다.

주권을 남에게 빼앗긴 나라의 국민으로서 일제의 압박에 대한
저항과 자학, 그리고 순교정신의 모든 것이 적나라하게 드러나
있는 작품이다. 시인은 모든 것을 다 바쳐 사랑하고 증오해야
했던 내면의 갈등을 '자화상' 속에 떠올리고 있다.

슬픈 족속(族屬)

흰 수건이 검은 머리를 두르고
흰 고무신이 거친 발에 걸리우다.

흰 저고리 치마가 슬픈 몸짓을 가리고
흰 띠가 가는 허리를 질끈 동이다.

자유를 빼앗긴 우리 민족의 슬픔을 노래한 시이다. '흰 수건', '흰 고무신', '흰 저고리', '흰 띠' 등은 모두 우리 민족성과도 관계가 있는 단어들이다. 핍박받는 우리 민족의 현실을 짧은 싯귀 속에 이처럼 압축시켜 표현하기란 그리 쉬운 일이 아니다. 윤동주다운 시상(詩想)의 발현이라 할만 하다.

팔복(八福)

- 마태복음 5장 3:12

슬퍼하는 자는 복이 있나니
슬퍼하는 자는 복이 있나니
슬퍼하는 자는 복이 있나니
슬퍼하는 자는 복이 있나니
슬퍼하는 자는 복이 있나니
슬퍼하는 자는 복이 있나니
슬퍼하는 자는 복이 있나니
슬퍼하는 자는 복이 있나니

저희가 영원히 슬플 것이오.

성경 구절을 인용한 시이다. 시인은 이 시를 통하여 우리 민족이 '복 받는 민족'임을 강조하고 있다. 또한 시인은 이 시를 통하여 우리 민족을 슬프게 하는 일제는 영원히 참 슬플 것이라고 경고하고 있다.

달같이

연륜이 자라듯이
달이 자라는 고요한 밤에
달같이 외로운 사랑이
가슴 하나 뻐근히
연륜처럼 피어나간다.

조국을 사랑하는 시인의 마음이 진하게 배어있는 작품이다. 암울한 현실 속에서도 오직 조국의 광복과 민족의 해방을 위하여 헌신하기를 바라는 시인의 굳은 민족애가 시의 전편에 흐르고 있다.

소년(少年)

　여기저기서 단풍잎 같은 슬픈 가을이 뚝뚝 떨어진다. 단풍잎 떨어져 나온 자리마다 봄을 마련해 놓고 나뭇가지 우에 하늘이 펼쳐 있다. 가만히 하늘을 들여다보려면 눈썹에 파란 물감이 든다. 두 손으로 따뜻한 볼을 쓸어보면 손바닥에도 파란 물감이 묻어난다. 다시 손바닥을 들여다본다. 손금에는 맑은 강물이 흐르고, 맑은 강물이 흐르고, 강물 속에는 사랑처럼 슬픈 얼굴 ─ 아름다운 순이(順伊)의 얼골이 어린다. 소년(少年)은 황홀히 눈을 감아 본다. 그래도 맑은 강물은 흘러 사랑처럼 슬픈 얼골 ─ 아름다운 순이(順伊)의 얼골은 어린다.

마치 한 편의 풍경화를 들여다보고 있는 것 같은 감상을 주는 작품이다. 이 시에 나타난 소년은 다름 아닌 시인 자신을 상징한다고 보아야 할 것이다. 암담한 현실 속에서 시인은 어느 날 문득 자기 자신을 들여다보고 있는 것이다.

흐르는 거리

으스럼히 안개가 흐른다. 거리가 흘러간다. 저 전
차, 자동차, 모든 바퀴가 어디로 흘리워가는 것일
까? 정박할 아무 항구도 없이, 가런한 많은 사람들
을 싣고서, 안개 속에 잠긴 거리는,

　거리 모퉁이 붉은 포스트상자를 붙잡고 섰을라면
모든 것이 흐르는 속에 어렴풋이 빛나는 가로등, 꺼
시지 않은 것은 무슨 상징일까? 사랑하는 동무 박
(朴)이여! 그리고 김이여! 자네들은 지금 어디 있는
가? 끝없이 안개가 흐르는데,

　'새로운 날 아침 우리 다시 정답게 손목을 잡아보
세' 몇 자 적어 포스트 속에 떨어뜨리고, 밤을 새워
기다리면 금휘장(金徽章)에 금단추를 삐었고 거인처
럼 찬란히 나타나는 배달부, 아침과 함께 즐거운 내
임(來臨),

이 밤을 하염없이 안개가 흐른다.

하염없이 흘러가는 모든 것들을 보면서 시인은 삶의 진한 향수에 젖는다. 이 시에도 빼앗긴 조국의 광복을 염원하는 간곡한 기구가 들어있다.

사랑스런 추억(追憶)

　봄이 오던 아침, 서울 어느 쪼그만 정거장에서 희
망과 사랑처럼 기차를 기다려,

　나는 플랫폼에 간신한 그림자를 떨어뜨리고, 담배
를 피웠다.

　내 그림자는 담배 연기 그림자를 날리고
비둘기 한 떼가 부끄러울 것도 없이
나래 속을 속, 속, 햇빛에 비춰 날았다.

　기차는 아무 새로운 소식도 없이
나를 멀리 실어다 주어,

　봄은 다 가고 ─ 동경(東京) 교외 어느 조용한 하숙
방에서, 옛 거리에 남은 나를 희망과
　사랑처럼 그리워한다.

오늘도 기차는 몇 번이나 무의미하게 지나가고,

오늘도 나는 누구를 기다려 정거장 차가운 언덕에
서 서성거릴 게다.
　－아아 젊음은 오래 거기 남아 있거라.

행복했던 지난날에 대한 회상과 암울한 현실에 대한 번민을 노래
한 시이다. 이 시에서의 '기차'는 '세월'을 의미한다고 보아야 할
것이다.

새벽이 올 때까지

다들 죽어가는 사람들에게
검은 옷을 입히시오.

다들 살아가는 사람들에게
흰 옷을 입히시오.

그리고 한 침대에
가즈런히 잠을 재우시오.

다들 울거들랑
젖을 먹이시오.

이제 새벽이 오면
나팔소리 들려올 거외다.

잃어버린 조국에 대한 회한과 아픔이 시인의 가슴에 지울 수 없는 상처를 남겨주고 있다. 일제의 압박으로부터 해방되는 그날이 오기를 갈망하는 우리 민족의 염원을 시로써 승화시킨 작품이라 할 수 있다.

새로운 길

내를 건너서 숲으로
고개를 넘어서 마을로

어제도 가고 오늘도 갈
나의 길 새로운 길

민들레가 피고 까치가 날고
아가씨가 지나가고 바람이 일고

나의 길은 언제나 새로운 길
오늘도…… 내일도……

내를 건너서 숲으로
고개를 넘어서 마을로

머지않아 다가오게 될 조국의 광복을 염원하는 시인의 마음을 잘
나타내주고 있는 작품이다. 어두운 현실 속에서도 밝은 미래를 기
원하는 희망적인 노래이다.

위로

거미란 놈이 흉한 심보로 병원 뒤뜰 난간에 꽃밭 사이 사람 발이 잘 닿지 않는 곳에 그물을 쳐놓았다. 옥외요양(屋外療養)을 받는 젊은 사나이가 누워서 치어보기 바르게 −

나비가 한 마리 꽃밭에 날아들다 그물에 걸리었다. 노오란 날개를 파득거려도 파득거려도 나비는 사꼬 감기우기만 한다. 거미가 쏜살같이 가더니 끝없는 끝없는 실을 뽑아 나비의 온몸을 감아버린다. 사나이는 긴 한숨을 쉬었다.

나이보담 무수한 고생 끝에 때를 잃고 병을 얻은 이 사나이를 위로할 말이 − 거미줄을 헝클어 버리는 것밖에 위로의 말이 없었다.

이 시에서의 사나이는 바로 가냘픈 시인 자신이다. 거미는 일
제의 흉악한 음모를 상징한다. 나비는 우리 민족의 자유와 주
권을 의미한다. 우리 민족을 우롱하여 자유와 주권을 박탈해간
일제의 음흉한 수법을 꼬집어 노래한 민족시라고 할 수 있다.

거짓부리

똑, 똑, 똑
문 좀 열어주세요
하룻밤 자고 갑시다.
밤은 깊고 날은 추운데
거 누굴까?
문 열어주고 보니
검둥이 꼬리가
거짓부리한 걸.

꼬끼요, 꼬끼요,
달걀 낳았다.
간난아! 어서 집어 가거라
간난이 뛰어가 보니
달걀은 무슨 달걀
고놈의 암탉이
대낮에 새빨간
거짓부리한 걸.

우리나라를 강제로 빼앗은 일제를 비유하여 쓴 시이다. 이 시에서의 거짓부리란 무엇을 상징하는가? 갖은 감언이설로 우리 민족의 자유를 빼앗은 일제를 상징하는 말이다.

아우의 인상화(印象畵)

붉은 이마에 싸늘한 달이 서리어
아우의 얼골은 슬픈 그림이다.

발걸음을 멈추어
살그머니 앳된 손을 잡으며
'늬는 자라 무엇이 되려니'
'사람이 되지'
아우의 설은 진정코 설은 대답(對答)이다.

슬며시 잡았던 손을 놓고
아우의 얼골을 다시 들여다본다.

싸늘한 달이 붉은 이마에 젖어
아우의 얼골은 슬픈 그림이다.

이 시에서의 '아우'는 무엇을 상징하는 말일까? 시인은 우리 민족사에 영원히 기록되고 있는 민족시인이다. 그는 항상 우리 민족의 아픔에 대하여 노래하고, 우리 민족의 권익을 위하여 앞장서서 시로서 메시지를 발표하였다. 그는 이 시에서도 우리 민족의 어두운 현실을 날카롭게 파헤쳐 드러내고 있다. 이 시에 나타난 '아우'는 다름아닌, '수난 받는 우리 민족'을 상징한다고 봄이 타당할 것이다.

산상(山上)

거리가 바둑판처럼 보이고,
강물이 배암의 새끼처럼 기는
산 우에까지 왔다.
아직쯤은 사람들이
바둑돌처럼 버려 있으리라.

한나절의 태양이
힘석지붕에만 비치고,
굼벙이 걸음을 하던 기차가

정거장에 섰다가 검은 내를 토하고
또 걸음발을 탄다.

텐트 같은 하늘이 무너져
이 거리를 덮을까 궁금하면서
좀 더 높은 데로 올라가고 싶다.

287

산 위에 올라가서 아래를 내려다보면 모든 것이 적나라하게 보인다. 시인은 지금 높은 곳에 올라가서 조국의 어두운 현실을 내려다보고 있다. 그러면서 그는 우리 민족의 아픔을 함께 나누고자 하고 있는 것이다. 우리 민족의 근심은 곧 시인의 근심과도 일맥상통하기 때문이다.

무서운 시간

거 나를 부르는 것이 누구요,

가랑잎 이파리 푸르러 나오는 그늘인데,
나 아직 여기 호흡(呼吸)이 남아 있소.

한번도 손들어 보지 못한 나를
손들어 표할 하늘도 없는 나를

어디에 내 한몸 둘 하늘이 있어
나를 부르는 것이오.

일을 마치고 내 죽는 날 아침에는
서럽지도 않은 가랑잎이 떨어질 텐데……

나를 부르지 마오.

자유를 빼앗긴 우리 민족의 슬픔을 노래한 작품이다. '한번도 손
들어 보지 못한 나를/손들어 표할 하늘도 없는 나를'이라는 표현
을 보면 곧 자유를 억압받고 있는 우리 민족의 현실을 적나라하
게 실감할 수 있다.

병원(病院)

　살구나무 그늘로 얼골을 가리고, 병원 뒤뜰에 누워, 젊은 여자가 흰옷 아래로 하얀 다리를 드러내 놓고 일광욕을 한다. 한나절이 기울도록 가슴을 앓는다는 이 여자를 찾아오는 이, 나비 한 마리도 없다. 슬프지도 않은 살구나무 가지에는 바람조차 없다.

　나도 모를 아픔을 오래 참다 처음으로 이곳에 찾아왔다. 그러나 나의 늙은 의사는 젊은이의 병을 모른다. 나한테는 병이 없다고 한다. 이 지나친 시련, 이 지나친 피로, 나는 성내서는 안 된다.

　여자는 자리에서 일어나 옷깃을 여미고 화단에서 금잔화 한 포기를 따 가슴에 꽂고 병실 안으로 사라진다. 나는 그 여자의 건강이 – 아니 내 건강도 속히 회복되기를 바라며-그가 누웠던 그 자리에 누워본다.

핍박받는 우리 민족을 한 여자의 아픔으로 비유하고 있다. 자유를 강탈당하고 주권을 송두리째 빼앗겨 버린 우리 민족에게 그어떤 치유책이 있을 수 있겠는가. 시인은 스스로 나서서 우리 민족이 겪는 아픔을 함께 겪으며, 일제에 항거하여 싸우고자 단단히 각오하고 있다. 그러한 시인의 자세가 적나라하게 표출되고있다.

참회록(懺悔錄)

파란 녹이 낀 구리거울 속에
내 얼골이 남아 있는 것은
어느 왕조(王朝)의 유물이기에
이다지도 욕될까.

나는 나의 참회의 글을 한 줄에 줄이자.
— 만 이십사 년 일 개월을
무슨 기쁨을 바라 살아왔던가.

내일이나 모레나 그 어느 즐거운 날에
나는 또 한 줄의 참회록을 써야 한다.
— 그때 그 젊은 나이에
왜 그런 부끄런 고백을 했던가.

밤이면 밤마다 나의 거울을
손바닥으로 발바닥으로 닦아보자.

그러면 어느 운석 밑으로 홀로 걸어가는
슬픈 사람의 뒷모양이
거울 속에 나타나온다.

조국을 빼앗겼으면서도, 되찾을 수 없는 무력함에 대한 안타까운 현실을 참회하는 시이다. 일제의 압박 속에서 굴욕적인 삶을 영위하는 것 자체부터가 시인에게 있어서는 한갓 부끄러움일 뿐이다. 시인은 지금 그러한 현실을 참회하고 있는 것이다.

길

잃어버렸읍니다.
무얼 어디다 잃었는지 몰라
두 손이 주머니를 더듬어
길에 나아갑니다.

돌과 돌과 돌이 끝없이 연달아
길은 돌담을 끼고 갑니다.

담은 쇠문을 굳게 닫아
길 우에 긴 그림자를 드리우고

길은 아침에서 저녁으로
저녁에서 아침으로 통했읍니다.

돌담을 더듬어 눈물 짓다
쳐다보면 하늘은 부끄럽게 푸릅니다.

풀 한 포기 없는 이 길을 걷는 것은
담 저쪽에 내가 남아 있는 까닭이고,

내가 사는 것은 다만
잃은 것을 찾는 까닭입니다.

이 시를 읽고 있노라면 시인의 강한 삶의 정신을 느낄 수가 있다. 시인 윤동주는 이 시를 통하여 어떠한 고난이 앞에 다가온다 하더라도 결코 삶을 포기하지 않고 굳센 마음으로 살아가리라는 목표를 나타내고 있다. 그는 '담' 저쪽에 그가 찾는 봄(우리 민족의 해방)이 있음을 확신하기에 풀 한 포기 없는 황량한 길을 걷고 있노라고 강조한다. 그의 염원은 우리 민족의 공통된 바람인 조국의 해방이다. 조국의 해방을 맞이함으로 인하여 잃어버린 자유를 되찾고, 나아가 행복한 삶을 누릴 수가 있기 때문이다. 그리하여 그는 끝없는 저항 정신으로 그 일생을 오직 한 길로만 걸었던 것이다.

간판(看板) 없는 거리

정거장 플랫폼에
나렸을 때 아무도 없어,

다들 손님들뿐,
손님 같은 사람들뿐,

집집마다 간판이 없어
집 찾을 근심이 없이

빨갛게
파랗게
불 붙는 문자(文字)도 없어

모퉁이마다
자애로운 헌 와사등(瓦斯燈)에
불을 혀놓고,

손목을 잡으면
다들, 어진 사람들
다들, 어진 사람들

봄, 여름, 가을, 겨울
순서로 돌아들고.

제목이 주는 의미는 매우 삭막하고 쓸쓸하다. 사람 사는 거리와
는 판이 하게 다른 느낌을 준다. 이것이 곧 일제의 압박 속에서
수난 당하고 있는 우리 민족의 비극이요 치유될 수 없는 아픔이
다. 시인은 어둠 속에 갇힌 채 공포의 나날을 보내고 있는, 그러
나 결코 조국의 광복을 되찾는 희망의 그날을 포기하지 않는 우
리 민족의 공통된 괴로움을 한 편의 시로써 승화시키고 있다.

이적(異蹟)

발에 터부한 것을 다 빼어버리고
황혼이 호수 우로 걸어오듯이
나도 사뿐사뿐 걸어보리이까?

내사 이 호숫가로
부르는 이 없이
불리워온 것은
참말 이적(異蹟)이외다.

오늘 따라
연정(戀情), 자홀(自惚), 시기(猜忌), 이것들이
자꼬 금메달처럼 만져지는구려.

하나, 내 모든 것을 여념없이
물결에 씻어 보내려니
당신은 호면(湖面)으로 나를 불러내소서.

누가 시키는 것도 아닌데, 시인은 <u>스스로</u> 나서서 고통의 길을 걷고 있다. 누가 손짓한 것도 아닌데, 시인은 <u>스스로</u> 나서서 일제의 압박에 대해 항거하고 있다. 이 시에서의 '당신'은 바로 '조국'을 의미한다고 볼 수 있다.

산골물

괴로운 사람아 괴로운 사람아
옷자락 물결 속에서도
가슴속 깊이 돌돌 샘물이 흘러
이 밤을 더불어 말할 이 없도다.
거리의 소음과 노래부를 수 없도다.
그신 듯이 냇가에 앉았으니
사랑과 일을 거리에 맡기고
가만히 가만히
바다로 가자,
바다로 가자.

이 시에 나타난 '산골물'은 곧 때 묻지 않은 우리 민족을 의미한
다고 할 수 있다. 남의 손에 빼앗긴 자유를 그리는 우리 민족의
암울한 현실을 산골물에 비유하고 있는 것이다. 이 시에 나타난
'바다'는 해방된 우리의 민족 또는 조국의 광복과 우리 민족의 자
유를 상징한다고 볼 수 있다.

태초(太初)의 아침

봄날 아침도 아니고
여름, 가을, 겨울
그런 날 아침도 아닌 아침에

빨— 간 꽃이 피어났네.
햇빛이 푸른데,

그 전날 밤에
그 전날 밤에
모든 것이 마련되었네.

사랑은 뱀과 함께
독(毒)은 어린 꽃과 함께.

새로운 날(조국 광복의 날)을 염원하는 우리 민족의 간곡한 정한
을 노래한 시이다. 모든 것은 비밀리에 계획되고 진행되어 어느
날 문득 조국의 광복은 다가오고야 말리라는 것을 시인은 이 시
를 통해 예시한 것이다.

산림(山林)

시계가 자근자근 가슴을 따려
불안한 마음을 산림이 부른다.

천년 오래인 연륜에 짜들은 유암(幽暗)한 산림이
고달픈 한몸을 포옹할 인연을 가졌나보다.

산림의 검은 파동 우로부터
이둠온 어린 가슴을 짓밟고

이파리를 흔드는 저녁바람이
쇄 — 공포에 떨게 한다.

멀리 첫여름의 개고리 재질댐에
흘러간 마을의 과거는 아질타.

나무 틈으로 반짝이는 별만이
새날의 희망으로 나를 이끈다.

이 시 역시 자유를 빼앗긴 채 공포에 떨고 있는 우리 민족의 뼈아픈 현실을 노래한 작품이다. 암울한 현실 속에서도 결코 포기할 수 없는 조국 광복의 날에 대한 기다림이 시의 전편을 짙게 흐르고 있다.

한란계(寒暖計)

싸늘한 대리석 기둥에 모가지를 비틀어맨 한란계,
문득 들여다볼 수 있는 운명(運命)한 오척육촌(五尺
六寸)의 허리 가는 수은주,
마음은 유리관보다 맑소이다.

혈관이 단조로워 신경질인 여론동물(輿論動物)
가끔 분수 같은 냉(冷)침을 억지로 삼키기에
징력을 닝비힙니다.

영하(零下)로 손구락질할 수돌네 방처럼 치운 겨울
보다
해바라기 만발한 팔월 교정(校庭)이 이상(理想) 곺소
이다.
피 끓을 그날이─

어제는 막 소낙비가 퍼붓더니 오늘은 좋은 날씨올
시다.

동저고릿 바람에 언덕으로, 숲으로 하시구려 –
이렇게 가만가만 혼자서 귓속 이야기를 하였읍니다.
나는 또 내가 모르는 사이에 –

나는 아마도 진실한 세기(世紀)의 계절을 따라 –
하늘만 보이는 울타리 안을 뛰쳐,
역사 같은 포지션을 지켜야 합니다.

한란계를 통하여 시인은 우리 민족의 아픔과 울분을 재고자 한다.
한란계를 통하여 시인은 일제의 압박의 정도를 고발하고자 한 것
이다.

귀뚜라미와 나와

귀뚜라미와 나와
잔디밭에서 이야기했다.

귀뚤귀뚤
귀뚤귀뚤

아무에게 아르켜주지 말고
우리 둘만 알지고 약속했디.

귀뚤귀뚤
귀뚤귀뚤

귀뚜라미와 나와
달 밝은 밤에 이야기했다.

이 시를 읊고 있노라면 왠지 모르게 슬픈 생각이 든다. 왠지 모르게 가련한 생각이 든다. 자유를 빼앗긴 채 지하에서만 활동을 하지 않으면 안 되었던 우리 민족의 아픔이 얼마나 컸겠는가를 능히 짐작할 수 있는 시이다.

눈감고 간다

태양을 사모하는 아이들아
별을 사랑하는 아이들아

밤이 어두웠는데
눈 감고 가거라.

가진 바 씨앗을
뿌리면서 가거라.

발부리에 돌이 채이거든
감았던 눈을 와짝 떠라.

우리 민족에게 띄우는 메시지이다. 이 시에서의 '밤'은 자유를 남의 손에 빼앗긴 우리 민족의 암울한 현실을 상징한다. 그리고 발부리에 채이는 '돌'은 일제의 핍박을 의미한다. '씨앗'은 결코 버릴 수 없는 우리 민족의 염원인 조국 광복에 대한 '희망'이다. 끝없이 항거하고 인내하지 않으면 안 된다는 현실적인 지침을 시인은 우리 민족에게 역설하고 있는 것이다.

양지(陽地)쪽

저쪽으로 황토 실은 이 땅 봄바람이
호인(胡人)의 물레바퀴처럼 돌아 지나고

아롱진 사월 태양의 손길이
벽을 등진 설은 가슴마다 올올이 만진다.

지도(地圖)째기 놀음에 뉘 땅인 줄 모르는 애 둘이
한 뼘 손가락이 짧음을 한(恨) 함이여

아서라! 가뜩이나 엷은 평화가
깨어질까 근심스럽다.

어두운 현실에 대한 염려와 빼앗긴 조국의 광복에 대한 통한의
눈물이 이 시의 전편을 적시고 있다.

코스모스

청초한 코스모스는
오직 하나인 나의 아가씨,

달빛이 싸늘히 추운 밤이면
옛 소녀가 못 견디게 그리워
코스모스 핀 정원으로 찾아간다.

코스모스는
귀또리 울음에도 수줍어지고,
코스모스 앞에 선 나는
어렸을 적처럼 부끄러워지나니,

내 마음은 코스모스의 마음이요
코스모스의 마음은 내 마음이다,

311
·

코스모스가 주는 이미지, 그것은 가냘프면서도 애틋하다. 코스모
스 꽃이 주는 이미지는 왠지 우리들 가슴의 약한 한 부분 같이만
느껴진다. 남에게 자유를 빼앗기고 어둠 속에서 살아야 했던 우
리 민족의 가녀린 모습을 코스모스에 비유하여 노래한 작품이다.

또 태초(太初)의 아침

하얗게 눈이 덮이었고
전신주가 잉잉 울어
하나님 말씀이 들려온다.

무슨 계시(啓示)일까.

빨리
봄이 오면
죄(罪)를 짓고
눈이 밝아

이브가 해산하는 수고를 다하면

무화과 잎사귀로 부끄런 데를 가리고

나는 이마에 땀을 흘려야겠다.

이 시가 쓰인 연대는 일제의 압박이 최고조에 달했던 1941년 5월 31일로 알려지고 있다. 빼앗긴 조국을 되찾고 싶어 하는 우리 민족의 끝없는 투쟁 정신이 차원 높게 다루어지고 있는 작품이다. 이 시에 나타난 절망은 곧 시인 자신의 희망과도 일맥상통한다. 봄이 오면 그는 모든 죄를 털고 이마에 땀을 흘리는 수고로 새로운 세계의 건설에 참여할 계획을 세우고 있다. 그의 시 가운데 빼어난 민족시로서 손꼽히고 있는 작품이다.

간(肝)

바닷가 햇빛 바른 바우 위에
습한 간(肝)을 펴서 말리우자.

코카사쓰 산중에서 도망해 온 토끼처럼
둘러리를 빙빙 돌며 간(肝)을 지키자,

내가 오래 기르던 여윈 독수리야!
와서 뜯어 먹어라, 시름없이

너는 살찌고
나는 여위어야지, 그러나

거북이야!
다시는 용궁의 유혹에 안 떨어진다.

프로메디어쓰 불쌍한 프로메디어쓰
불 도적한 죄로 목에 맷돌을 달고

끝없이 침전하는 프로메디어쓰

이 시 역시 윤동주 다운 발상으로 쓰인 민족시라고 하지 않을 수
없다. 이 시에 나타난 '간'은 곧 우리 민족의 지조를 의미한다. 어
떠한 고난이 밀어닥친다 하더라도 굽힘 없는 지조로 일관해야 한
다는 것을 강조하고 있다.

쉽게 씌여진 시

창 밖에 밤비가 속살거려
육첩방(六疊房)은 남의 나라,

시인이란 슬픈 천명(天命)인 줄 알면서도
한줄 시를 적어 볼까,

땀내와 사랑내 포근히 품긴
보내주신 학비 봉투를 받아

대학 노 − 트를 끼고
늙은 교수의 강의 들으러 간다.

생각해 보면 어릴 때 동무를
하나, 둘, 죄다 잃어버리고

나는 무얼 바라
나는 다만, 홀로 침전(沈澱)하는 것일까?

인생은 살기 어렵다는데
시가 이렇게 쉽게 씌어지는 것은
부끄러운 일이다.

육첩방(六疊房)은 남의 나라
창 밖에 밤비가 속살거리는데,

등불을 밝혀 어둠을 조금 내몰고,
시대처럼 올 아침을 기다리는 최후의 나,

나는 나에게 작은 손을 내밀어
눈물과 위안으로 잡는 최초의 악수.

이 시는 그야말로 쉽게 쓰인 시라고 할 수 있을 것 같다. 시인은 눈앞의 현실을 보이는 그대로 시(時)라는 언어의 틀 속에 형상화 시키고 있다. '등불을 밝혀 어둠을 조금 내몰고/ 시대처럼 올 아침을 기다리는 최후의 나'라는 표현에서도 알 수 있는바와 같이 시인은 지금 우리 민족의 염원인 조국 광복을 끝없이 기다리고 있는 것이다.

빨래

빨랫줄에 두 다리를 드리우고
흰 빨래들이 귓속이야기하는 오후,

쩅쩅한 칠월 햇발은 고요히도
아담한 빨래에만 달린다.

짧은 4행시이다. 언뜻 보면 빨랫줄에 널려있는 빨래를 보고 한
편의 풍경화를 그리듯이 노래한 시라고 생각하기 쉽다. 그러나
시인의 의도는 단순한 풍경에 대한 소묘가 아니다. 자유를 잃고
어둠 속에서 고통 받는 우리 민족에 대한 아픔을 빨래의 신세에
비유하였다고 할 수 있는 것이다.

둘 다

바다도 푸르고
하늘도 푸르고

바다도 끝없고
하늘도 끝없고

바다에 돌 던지고
하늘에 침 뱉고

바다는 벙글
하늘은 잠잠.

하늘과 바다, 이 상반되는 현상이 어찌하여 하나로 통일된 이미지를 가져다주는 것일까? 바다도 푸르고 하늘도 푸르고, 바다도 끝없고 하늘도 끝없고, 보이는 모든 것은 변함이 없건만 어찌하여 우리 민족에게만 이처럼 암울한 현실이 찾아오는 것일까? 시인은 이 시를 통하여 자유 없는 우리 민족사를 정리하고 있다.

트루게네프의 언덕

나는 고갯길을 넘고 있었다…… 그때 세 소년 거지
가 나를 지나쳤다.

첫째 아이는 잔등에 바구니를 둘러메고, 바구니 속
에는 사이다 병, 간즈메통, 쇳조각, 헌 양말짝 등 폐물
이 가득하였다.

둘째 아이도 그러하였다.

셋째 아이도 그러하였다.

덥수룩한 머리털, 시커먼 얼골에 눈물 고인 충혈 된
눈, 색 잃어 푸르스럼한 입술, 너들너들한 남루, 찢겨
진 맨발.

아아 얼마나 무서운 가난이 이 어린 소년들을 삼키
었느냐!

나는 측은한 마음이 움직였다.

나는 호주머니를 뒤지었다. 두툼한 지갑, 시계, 손수
건…있을 것은 죄다 있었다.

그러나 무턱대고 이것들을 내줄 용기는 없었다. 손
으로 만지작 만지작거릴 뿐이었다.

다정스레 이야기나 하리라 하고 '얘들아.' 불러보
았다.

첫째 아이가 충혈 된 눈으로 흘끔 돌아다볼 뿐이었다.

둘째 아이도 그러할 뿐이었다.

셋째 아이도 그러할 뿐이었다.

그리고는 너는 상관없다는 듯이 자기네끼리 소곤소
곤 이야기하면서 고개로 넘어갔다.

언덕 우에는 아무도 없었다.

짙어가는 황혼이 밀려들 뿐

눈 오는 지도(地圖)

순이(順伊)가 떠난다는 아침에 말 못할 마음으로 함박눈이 나려, 슬픈 것처럼 창밖에 아득히 깔린 지도 우에 덮인다. 방 안을 돌아다 보아야 아무도 없다. 벽과 천정이 하얗다 방안에까지 눈이 나리는 것일까, 정말 너는 잃어버린 역사처럼 홀홀히 가는 것이냐, 떠나기 전에 일러둘 말이 있던 것을 편지를 써서도 네가 가는 곳을 몰라 어느 거리, 어느 마을, 어느 지붕 밑, 너는 내 마음속에만 남아 있는 것이냐, 네 쪼고만 발자욱을 눈이 자꼬 나려 덮여 따라갈 수도 없다. 눈이 녹으면 남은 발자욱 자리마다 꽃이 피리니 꽃 사이로 발자욱을 찾아 나서면 일 년 열두달 하냥 내 마음에는 눈이 나리리라.

잃어버린 조국에 대한 슬픔을 노래한 산문시이다. 마음먹은 대로 살아갈 수조차 없는 암담한 현실에 대한 번민이 시인으로 하여금 이러한 시를 노래하게 하지 않았나 싶다.

이런 날

사이좋은 정문의 두 돌기둥 끝에서
오색기(五色旗)와 태양기(太陽旗)가 춤을 추는 날,
금을 그은 지역의 아이들이 즐거워하다.

아이들에게 하로의 건조한 학과(學課)로
해말간 권태가 깃들고
'모순(矛盾)' 두 자를 이해치 못하도록
머리가 단순하였구나.

이런 날에는
잃어버린 완고하던 형을
부르고 싶다.

일제에 대한 저항정신이 가득 배어있는 작품이다. 시인은 이 시에
서 '모순'이라는 낱말을 등장시킴으로써 우리의 자유를 빼앗아간
일제의 잘못을 형상화시키고 있다.

흰 그림자

황혼(黃昏)이 짙어지는 길모금에서 하루 종일 시들
은 귀를 가만히 기울이면 땅거미 옮겨지는 발자취
소리,

발자취 소리를 들을 수 있도록 나는 총명했든가요.

이제 어리석게도 모든 것을 깨달은 다음 오래 마
음 깊은 속에
괴로워하든 수많은 나를 하나, 둘, 제 고향으로 돌
려보내면
거리모퉁이 어둠 속으로 소리 없이 사라지는 흰
그림자,

흰 그림자들
연연히 사랑하든 흰 그림자를

내 모든 것을 돌려보낸 뒤

허전한 뒷골목을 돌아

황혼처럼 물드는 내 방으로 돌아오면
신념이 깊은 으젓한 양(羊)처럼
하루 종일 시름없이 풀포기나 뜯자.

일제의 압박 속에서 신음하면서 살아가고 있는 우리 민족의 비극을 들여다 볼 수 있는 작품이다. 시인은 이 시를 통하여 우리 민족의 암담한 현실을 괴롭게 직시하고 있다.

바람이 불어

바람이 어디로부터 불어와
어디로 불려가는 것일까,

바람이 부는데
내 괴로움에는 이유가 없다.

내 괴로움에는 이유가 없을까

단 한 여자를 사랑한 일도 없다.
시대를 슬퍼한 일도 없다.

바람이 자꾸 부는데
내 발이 반석 위에 섰다.

강물이 자꾸 흐르는데
내 발이 언덕 위에 섰다.

세월은 흐르고 모든 만물은 그 모습을 달리해가고 있건만 시인의 조국애에는 변함이 없다는 굳은 의지를 표출시킨 작품이다. 이 시에서의 '바람'은 세상의 '유혹'일 수도 있고, 또는 변화해가는 '세태' 일수도 있다. 시인은 이 시를 통하여 자신의 반석 같은 지조(조국애)를 강조하고 있다.

고추밭

시들은 잎새 속에서
고 빠알간 살을 드러내 놓고,
고추는 방년(芳年)된 아가씬 양
땡볕에 자꼬 익어간다.

할머니는 바구니를 들고
밭머리에서 어정거리고
손가락 너어는 아이는
할머니 뒤만 따른다.

아름다운 농촌 풍경을 통하여 우리 민족의 티 없이 맑은 심성
을 노래하고 있는 작품이다. 어두운 현실 속에서도 꿈을 잃지
않고 살아가는 우리 민족의 애틋한 정서가 어려있는 시라고
할 수 있다.

봄

봄이 혈관 속에 시내처럼 흘러
돌, 돌, 시내 가차운 언덕에
개나리, 진달래, 노오란 배추꽃

삼동(三冬)을 참아온 나는
풀포기처럼 피어난다.

즐거운 종달새야
어느 이랑에서 즐거웁게 솟쳐라.

푸르른 하늘은
아른아른 높기도 한데……

조국의 광복을 기다리는 시인의 마음이 적나라하게 표출된 시이
다. 세월이 흐르면 당연히 계절은 바뀌고 봄은 다가오건만, 기다
리는 조국의 광복은 어이 다가오지 않는 것일까? 시인은 끝없는
조국애로 우리 민족의 해방을 기원하고 있다.

못 자는 밤

하나, 둘, 셋, 넷
·····················
밤은
많기도 하다.

> 짧은 시 속에 시인은 아픈 현실이 들어 있다. 둘째 행의 말없음
> 표가 매우 인상적이다. 편안하게 잠을 이룰 수 없는 숱한 나날
> 들이 이 말없음표 속에 수없이 나타나 있다. 말로써는 차마 표
> 현할 수 없는 기막힌 현실에 대한 시인의 아픔이 시의 전편을
> 적시고 있다.

5부

이상화

시인인 그는 1901년 4월 5일(음력)에 태어나 1943년 4월 25일(음력 3월 21일)에 대구에서 위암으로 사망했다. 3·1운동 때엔 대구에서 백기만(白基萬) 등과 거사하려다가 실패했고, 백조동인(白潮同人)이 되어 활약했다 (1922), 1927년에는 의열단(義烈団) 이종암의 사건에 관련된 혐의로 한 때 구금되었고, 1936년에는 일본 경찰에 체포되어 옥고를 치르기도 하였다.

빼앗긴 들에도 봄은 오는가

지금은 남의 땅 ─ 빼앗긴 들에도 봄은 오는가?
나는 온몸에 햇살을 받고
푸른 하늘 푸른 들이 맞붙은 곳으로
가르마 같은 논길을 따라 꿈속을 가듯 걸어만 간다.
입술을 다문 하늘아 들아
내 맘에는 내 혼자 온 것 같지를 않구나.
네가 끌었느냐 누가 부르더냐.
답답워라 말을 해 다오.
바람은 내 귀에 속삭이며
한 자욱도 섰지 마라 옷자락을 흔들고
종달이는 울타리 너머 아가씨같이 구름 뒤에서 반갑다 웃네.
고맙게 잘 자란 보리밭아
간밤 자정이 넘어 내리던 고운 비로
너는 삼단 같은 머리털을 감았구나, 내 머리조차 가쁘하다.
혼자라도 가쁘게 나가자.

마른 논을 안고 도는 착한 도랑이

젖먹이 달래는 노래를 하고 제 혼자 어깨춤만 추고 가네.

나비 제비야 깝치지 마라.

맨드라미 들마꽃에도 인사를 해야지.

아주까리 기름을 바른 이가 지심 매던 그 들이라도 보고 싶다.

내 손에 호미를 쥐어다오.

살찐 젖가슴과 같은 부드러운 이 흙을 발목이 시도록 밟아도 보고 좋은 땀조차 흘리고 싶다.

강가에 나온 아이와 같이

셈도 모르고 끝도 없이 닫는 내 혼아.

무엇을 찾느냐, 어디로 가느냐 우서웁다 답을 하려무나 나는 온몸에 풋내를 띠고

푸른 웃음 푸른 설움이 어우러진 사이로

다리를 절며 하루를 걷는다. 아마도 봄 신명이 잡

혔나 보다.

　그러나 지금은 들을 빼앗겨 봄조차 빼앗기겠네.

일제 때 판매금지 처분을 받은 시로서 널리 알려진 작품이다. 발표연대는 1926년 6월이며, 발표된 곳은 「개벽」지이다. 이 땅에 세월은 흘러 '봄'은 다가오건만 우리 민족에겐 '해방'이라는 봄이 오지 않고 있음을 안타까워하는 시인의 정한이 잘 나타나 있다. 나라 잃은 슬픔을 강렬한 리듬으로 밀도 있게 읊어나간 작품이라 할 수 있다. 이 시에서 '빼앗긴 들'은 일제에게 강제로 빼앗긴 우리의 '국토'를 상징한다. 남의 손에 나라를 빼앗긴 울분과 이에 대한 끝없는 저항 정신을 주제로 하고 있는 이 시는 이상화의 대표적인 민족시라고 할 수 있다.

나의 침실로

마돈나! 지금은 밤도 모든 목거지에 다니노라, 피곤하여 돌아가련도다.

아, 너도 먼동이 트기 전으로 수밀도(水蜜桃)의 네 가슴에 이슬이 맺도록 달려오너라.

마돈나! 오려무나. 네 집에서 눈으로 유전하던 진주는 다 두고 몸만 오너라.

빨리 가자. 우리는 밝음이 오면 어딘지 모르게 숨는 두 별이어라.

마돈나! 구석지고도 어둔 마음의 거리에서 나는 두려워 떨며 기다리노라.

아, 어느덧 첫닭이 울고 – 뭇 개가 짖도다. 나의 아씨여, 너도 듣느냐?

마돈나! 지난 밤이 새도록 내 손수 닦아 둔 침실로 가자, 침실로!

낡은 달은 빠지려는데, 내 귀가 듣는 발자국—
오, 너의 것이냐?

마돈나! 짧은 심지를 더우 잡고, 눈물도 없이 하소연
하는 내 마음의 촛불을 봐라.
양털 같은 바람결에도 질식이 되어 얕푸른 연기로
꺼지려는도다.

마돈나, 오너라! 가자. 앞산 그리매가 도깨비처럼 발
도 없이 가까이 오도다.
아, 행여나 누가 볼는지—가슴이 뛰누나. 나의 아
씨여. 너를 부른다.

마돈나! 날이 새련다. 빨리 오려무나. 사원의 쇠북이
우리를 비웃기 전에
네 손이 내 목을 안아라. 우리도 이 밤과 같이 오랜 나
라로 가고 말자.

마돈나! 뉘우침과 두려움의 외나무다리 건너 있는
내 침실, 열 이도 없으니!

아, 바람이 불도다. 그와 같이 가볍게 오려무나. 나
의 아씨여, 네가 오느냐?

마돈나! 가엾어라. 나는 미치고 말았는가. 없는 소리
를 내 귀가 들음은 –

내 몸에 피란 피 – 가슴의 샘이 말라 버린 듯 마음
과 몸이 타려는도다.

마돈나! 언젠들 안 갈 수 있으랴. 갈 테면 우리가 가자.
끄을려 가지 말고!

너는 내 말을 믿는 마리아 – 내 침실이 부활의 동굴
임을 네가 알련만…….

마돈나! 밤이 주는 꿈, 우리가 얽는 꿈, 사람이 안
고 궁그는 목숨의 꿈이 다르지 않느니.

아, 어린애 가슴처럼 세월 모르는 나의 침실로 가자.
아름답고 오랜 거기로.

마돈나! 별들의 웃음도 흐려지려 하고 어둔 밤 물
결도 잦아지려는도다.
아, 안개가 사라지기 전으로 네가 와야지. 나의 아씨
여, 너를 부른다.

미지의 새로운 세계에 대한 동경과 불행한 조국의 현실에 대한
아픔을 노래한 시이다. 알 수 없는 미지의 세계에 대한 동경을
주제로 한 시는 백조파 시인들의 공통된 흐름이다. 고달픈 현실
을 버리고 새로운 세계로 나아가자는 시인의 외침, 그것은 바로
조국의 광복을 염원하는 강한 기도(또는 다짐)로 볼 수가 있다.
매우 감상적이며, 낭만주의적인 경향이 짙은 주정시이며, 평자
에 따라서는 이 시의 주제를 '애국'으로 보기도 한다.

말세의 희탄(欷歎)

저녁의 피묻은 동굴 속으로
아, 밑 없는 그 동굴 속으로
끝도 모르고
끝도 모르고
나는 거꾸러지련다.
나는 파묻히련다.

가을의 병든 미풍의 품에다
아, 꿈꾸는 미풍의 품에다
낮도 모르고
밤도 모르고
나는 술 취한 몸을 세우련다.
나는 속 아픈 웃음을 빚으련다.

상당히 감성적인 시이다. 제목이 주는 이미지부터가 감성적인 분위기를 돋우어 준다. 이러한 시의 경향은 백조파 동인 모두에게서 엿볼 수가 있다. 1922년 1월 「백조」 창간호에 수록된 작품이다. 일제의 압박 속에 묻힌 채 신음하는 우리 민족의 아픔을 은연중에 탄식하고 있다.

이중의 사망

죽음일다!
성낸 해가 이빨을 갈고
입술은 붉으락 푸르락 소리없이 훌쩍이며,
유린 받은 계집같이 검은 무릎에 곤두치고 죽음일다.

만종(晩種)의 소리에 마구를 그리워 우는 소ㅡ
피란민의 마음으로 보금자리를 찾는 새ㅡ
다 검은 농무(濃霧) 속으로 매장이 되고,
천지는 침묵한 뭉텅이 구름과 같이 되다!

아, 길 잃은 어린 양아, 어디로 가려느냐?
아, 어미 잃은 새 새끼야, 어디로 가려느냐?
비극의 서곡을 리프레인하듯
허공을 지나는 숨결이 말하더라.

아, 도적놈이 죽일 숨 쉬듯한 미풍에 부딪혀도
설움의 실패꾸리를 품기 쉬운 나의 마음은

하늘 끝과 지평선이 어둔 비밀실에서 입맞추다.
죽은 듯한 그 벌판을 지나려 할 때 누가 알랴.

어여쁜 계집애 씹는 말과 같이
제 혼자 지줄대며 어둠에 끓는 여울은 다시 고요히
농무에 휩싸여 맥 풀린 내 눈에서 껄덕이다.

바람결을 안으려 나부끼는 거미줄같이
헛웃음 우는 미친 계집의 머리털로 묶은
아, 이 내 신령의 낡은 거문고 줄은
청철(靑鐵)의 옛 성문으로 닫힌 듯한 얼빠진 내 귀를
뚫고
울어 들다, 울어 들다, 울다는 다시 웃다―
악마가 야호(野虎) 같이 춤추는 깊은 밤에
물방앗간의 풍차가 미친 듯 돌며
곰팡스런 성대로 목 메인 노래를 하듯……!
저녁 바다의 끝도 없이 몽롱한 먼 길을

운명의 악지바른 손에 끄을려 나는 방황해 가는도다.
남풍(南風)에 돛대 꺽인 목선(木船)과 같이 나는 방황
해 가는도다.

아, 인생의 쓴 향연에 부림 받는 나는 젊은 환몽(幻
夢) 속에서
청상(靑孀)의 마음과 같이 적막한 빛의 음지에서
구차(柩車)를 따르며 장식(葬式)의 애곡(哀曲)을 듣는
호상객처럼 –
털 빠지고 힘 없는 개의 목을 나도 드리우고
나는 넘어지다– 나는 거꾸러지다!

죽음일다!
부드럽게 뛰노는 나의 가슴이
주전 빈랑(牝狼)의 미친 발톱에 찢어지고
아우성치는 거친 어금니에 깨물려 죽음일다!

344

이 시 역시 일제의 식민지 아래에서 신음하는 우리 민족의 아픔을 노래한 시이다. 답답하고 부자연스러운 현실에 대한 저항정신이 강하게 드러난 작품이라 할 수 있다. 1923년 9월 「백조」 3호에 발표되었다.